Du même auteur

Karukéra Gang (CaraïbEditions, *2018)*

Le dernier tour de piste (CaraïbEditions, *2019)*

À paraître

Exécution à Trois-Rivières suivi de
La fille de Boissalé

Les sanguinaires des Abymes.

LA PÈGRE ET LA BOXEUSE

GASTON ZANGERLÉ

ISBN 978-2-9199684-3-5

Éditions crime.lu

Baobab Luxembourg sàrl.

9, rue Nic Wirtgen

L-8338 Olm

www.crime.lu

Ce roman est une œuvre de pure fiction. En conséquence, toute ressemblance ou similitude avec des personnages et des faits existants ou ayant existé ne saurait être que coïncidence fortuite.

Remerciements

Je tiens à remercier du fond du cœur mes amis Didier Debord et Pierre Decock pour leur précieux soutien.

Personnages

Claire Dumaxe	Inspecteur de police judiciaire à Luxembourg
Yvon Dumaxe	Documentaliste de presse ; amateur de châteaux forts, frère de Claire
Helder Cavaco De Oliveira	Routier
Jorge «Bimbo» Reus	Ami de Helder Cavaco De Oliveira
Anaïs Dupuis	Barmaid au Zanzibar ; concubine de Bimbo
Maria Da Conceição	Prostituée
Jesus Gomes	Propriétaire des Transports Gomes
Dimitri Pavlikov	Truand
Alenko Berisha ***alias*** **Aleksandar Petrov**	Ancien boxeur
Louise Schmit	Consultante en finances
Avelino Magalhaes	Patron du bar « L'Alentejo » à Larochette
Stéphane Welbes	Commissaire de police principal
Fatima Silva	Témoin, amie de Thierry Stephany
Thierry Stephany	Témoin, ami de Fatima Silva
Miguel Da Fonseca	Conducteur de camion de chantier chez TPC-Moselle
Jos Hoffelt	Patron du bar « Cinderella » à Luxembourg
Jérôme Bantz	Collègue de Claire Dumaxe
Arben Sula	Joueur de poker
Zoran Dervishi	Compagnon de Maria Da Conceição, proxénète
Jean Schomé	Coiffeur à Messancy
Tanja Kerbett	Compagne de Jean Schomé
Joaquina Andrade	Petite amie de Miguel Da Fonseca

I.

Accoudé au zinc, Helder ne quittait pas des yeux la nana attablée à quelques pas de lui. Ce jean moulant, ce chemisier qui laissait deviner une poitrine généreuse, c'était trop. Il se pencha vers elle.

– Pour un tour, c'est combien ?

– 360.

– Quoi ? Tu déconnes ?

– Un tour, c'est 360.

– Tu dis n'importe quoi.

– À ton avis ?

– 100, grand max.

– Je ne sais pas ce que t'as appris en cours, mais pour moi, un tour c'est 360 degrés.

– Tu me cherches ?

– Laisse-la tranquille, Helder ! intervint le barman.

– Toi, tu la fermes !

– Écoute-moi bien, mon ami, tu m'as posé une question et je t'ai répondu, point barre.

– Et moi, je t'ai demandé ton prix, point barre.

– Ta délicatesse avec les femmes m'impressionne.

– Soit tu m'accompagnes, soit tu dégages d'ici, c'est compris, miss !

– Arrête Helder, c'est moi le patron ici, grogna le barman.

– Je t'accompagne où, coco ?

– On va le faire dans la bagnole.

– Laisse-moi terminer mon sandwich.

– Tu me plais miss, tu seras comblée.

– Je n'en doute pas, coco !

Posément, Claire glissa la main dans son sac et présenta sa carte de police à son interlocuteur.

– Malheureusement, je suis encore de service en ce moment, monsieur Helder. Rejoignez-moi dans la salle de sport au sous-sol de l'école primaire du quartier à neuf heures et demie, je serai libre, on va se régaler.

Sur ce, Claire déposa un billet de dix euros sur la table, but une dernière gorgée de thé dans sa tasse, sortit son sac de sport de dessous la table et se leva pour partir. Ne sachant plus quoi dire, son rustre admirateur se tourna vers le patron derrière le zinc. La porte s'était à peine refermée qu'il s'adressa au bistrotier.

– Celle-là, je vais me la taper.

La porte se rouvrit, Claire passa la tête à l'intérieur et fixa le fanfaron au comptoir.

– Entendu, champion, on va se taper. À tout à l'heure.

Quand elle fut définitivement partie, le patron secoua la tête.

– T'es complètement cinglé, Helder. Non seulement elle est flic, mais de surcroît, elle est championne de boxe professionnelle.

– Je la sauterais même si c'était la grande-duchesse !

À neuf heures et demie, la porte s'ouvrit. Claire, en tenue de boxe, était assise sur un tabouret dans un coin du ring, surveillant l'entrée de la salle. Helder entra. Il fut surpris de se trouver face à face avec une boxeuse qui lui souriait méchamment, découvrant son protège-dents.

– Oui, c'est moi, monte.

– Je croyais...

– Monte, je te dis !

Helder, un gabarit d'un mètre quatre-vingt-cinq et d'une centaine de kilos, se hissa sur le ring en se glissant entre les cordes.

– Tiens, mets les gants.

Elle pointa une paire de gants dans le coin. Il secoua la tête.

– Pas besoin ? D'accord, je veux bien. Allons-y, Monsieur Helder.

Helder ricana et se précipita sur la boxeuse qui s'était positionnée au milieu du tapis. Elle esquiva son assaut avec agilité et le freina net en le bloquant avec un crochet du droit au menton. Le fier-à-bras du bistrot tomba lourdement. K.O. au premier round après cinq secondes de combat.

La porte adjacente s'ouvrit et les copains d'entraînement de Claire entrèrent tout souriants. Ils avaient suivi toute la scène. Deux gars délacèrent les gants de la boxeuse, les autres s'occupèrent du malabar qui venait de manger la poussière. Il n'avait toujours pas repris ses esprits quand Claire quitta la salle, demandant à ses potes de le retenir le temps qu'elle rejoigne le parking et qu'elle file.

Yvon était couché sur le canapé en train de lire un livre quand Claire arriva.

– Tu rentres tard aujourd'hui.

– J'étais retenue par quelqu'un.

– Comment ça ?

– J'ai dû corriger un type.

– À l'entraînement ?

– Non... ’fin oui. Un rustre qui a essayé de m’aguicher, il en a pour son compte maintenant.

– Bien joué, mon trésor, tu dois me raconter tout ça.

– Je me fais couler mon bain et tu viens pour le shampoing. Je te raconterai tout alors.

Une fois la jeune femme installée dans son bain, Yvon s’assit sur le tabouret derrière la baignoire et commença à lui masser ses cheveux bouclés. Elle adorait qu’on lui frotte le cuir chevelu. C’étaient des moments de détente totale durant lesquels elle oubliait son quotidien stressant dans la police judiciaire de Luxembourg.

Elle lui raconta donc ce qui s’était passé dans le quartier chaud de la gare.

– Un jour, tu tomberas sur plus fort que toi, ou pire, tu tomberas sur un barbare ou un psychopathe. Je n’aime pas ça. Pourquoi tu te fais pas muter ailleurs ? Éloigne-toi de ce quartier, tu n’es plus dans la brigade des mœurs. J’ai peur pour toi.

– Et moi, je crains qu’un jour tu t’étouffes dans la poussière de tes archives, mon frérot.

– Foutaise ! C’est un centre de documentation moderne, rien à voir avec les archives des journaux d’antan. Je t’invite à venir voir, je te montrerai comment je fais mes recherches dans notre maison d'édition.

– Pas le temps, ce sont les résultats qui m’intéressent. Il y a autre chose, Yvon, il faut qu’on travaille dur cette semaine : vitesse de déplacement avec jab et uppercut.

– Pas de sac, cette semaine ? Dommage, et moi qui comptais prendre un groupe tous les soirs au château fort de Larochette. Nous sommes en avril, les visites guidées reprennent.

– Pas de sac, mon frérot, le foncier c'est fait. L'entraîneur me dit que j'ai suffisamment la caisse. Il faut travailler essentiellement la rapidité, mais pas de blessures, le match, c'est dans moins d'un mois.

– Et si je disais non ?

– Promis, c'est promis. On avait convenu de travailler ensemble jusqu'à la trêve estivale. Je défends mon titre dans quelques semaines comme prévu, et après, c'est trois semaines de vacances.

– Trois semaines seulement ! Et comment veux-tu que je trouve une nana ?

– T'as moi, ce n'est pas rien, non ? D'ailleurs, je n'ai pas de mec non plus.

– Et toi, t'as moi, ce n'est pas rien, non ?

– Un vieux couple, toi et moi.

– Incestueux, disent les mauvaises langues, ricana-t-il.

– Les cons !

– Les cons !

– Plus fort, frérot, tu es trop mou, les femmes aiment quand c'est fort.

– Pas toutes.

– Qu'en sais-tu ?

– Plus que tu penses, sœurette, je suis à bonne école.

Il serra ses doigts !

– Aïe, tu veux faire éclater ma nuque.

– J'obéis, je masse fort, se moqua-t-il.

Elle se leva du bain et Yvon l'enveloppa tendrement dans une serviette fraiche. Depuis plus de trente ans, personne n'avait réussi à les désunir.

Comme d'habitude, les jumeaux décidèrent de passer la fin de la soirée ensemble au lit pour lire. Claire dévorait des romans de toutes sortes qu'elle téléchargeait sur sa tablette, tandis que pour Yvon, c'étaient des ouvrages techniques sur les fortifications médiévales. Il connaissait par cœur tous les donjons et chaque rempart du Luxembourg et de Navarre. Il prenait plaisir à critiquer sa sœur, qui, depuis un moment, s'était séparée du papier pour le numérique. Dans son journal quotidien, le centre de documentation qu'il dirigeait était quasi entièrement numérisé, mais il défendait malgré tout farouchement le livre traditionnel. Le fait de toucher et de sentir le papier imprimé suscitait chez lui un immense plaisir.

– Pour toi j'ai renoncé à la grande chambre, il n'y a pas de place chez moi pour une bibliothèque. Je lis sur ma tablette parce que toi, t'as besoin d'une chambre grande comme une salle de classe pour y ranger tes bouquins.

– Et que dire de toi ? N'as-tu pas transformé la grange en salle de sport, oui ou non ? Et combien de fois t'ai-je dit déjà de prendre la chambre de maman et de papa. Pour les deux mois par an qu'ils reviennent de leur Provence chérie, ils se satisferont de la petite pièce.

– Il n'en est pas question, Yvon. Aussi longtemps que nos parents seront en vie, ils garderont leur chambre !

Ce soir-là, ils s'installèrent dans le lit de Claire. À peine eurent-ils commencé à bouquiner, que le portable de la policière vibra. C'était la brigade de nuit, un mort devant le château fort de Larochette, il fallait venir. Quand Yvon apprit qu'il était question de l'un de ses castels préférés, il sauta du lit et alla se rhabiller à son tour.

– Où est-ce que tu vas, toi ?

– Je t'accompagne, je ne vais quand même pas te laisser partir seule dans la nuit !

– Idiot !

Rien à faire, Yvon prit le volant de la vieille Defender de Claire et fonça en direction du bourg au bord de l'Ernz Blanche. En route, Claire lui signifia de rester hors du périmètre de sécurité une fois sur place.

*

Le médecin légiste était déjà à pied d'œuvre quand ils arrivèrent sur les lieux. La brigade de nuit avait été appelée sur le parking près de la mairie en bas du château fort par un couple de jeunes. Ils avaient découvert le corps inerte couché à même le sol entre deux voitures baignant dans une flaque de sang.

Claire arrêta son frère tandis qu'elle-même se faufilait sous le ruban rouge-blanc-bleu de la police. Yvon pivota sur ses talons et s'éloigna. Il sortit son portable et partit contempler le magnifique château fort juché sur le rocher qui surplombait le centre de Larochette. Il profita de cette nuit claire pour prendre des photos de l'édifice magnifiquement illuminé.

Le légiste vint à la rencontre de Claire.

– Tué par balle, un Brésilien d'une quarantaine d'années.

Claire s'approcha du cadavre. Il n'était pas beau à voir. Avec ses mains gantées, elle retourna légèrement la tête ensanglantée pour voir le visage. Elle se cabra et lâcha le mort. Comme pétrifiée, elle dévisagea le médecin légiste.

– Que se passe-t-il, inspecteur, vous le connaissez ?

Elle alla s'appuyer sur le capot de la voiture la plus proche. Le docteur la suivit.

– Ça va, Claire, vous allez bien ?

– Oui, ça va, ça va. Je le connais, en effet.

Quand elle eut repris contenance, elle rejoignit le minibus de la police dans lequel on avait installé le couple d'adolescents choqués par ce qu'ils venaient de découvrir. Elle se contenta de poser les questions de routine et les invita à se présenter au commissariat le lendemain matin à dix heures.

D'après les premières déclarations des jeunes gens, ils avaient passé une partie de la soirée dans un bistrot du village et s'étaient ensuite rendus en voiture sur le parking pour écouter de la musique. C'est là qu'ils avaient découvert le corps.

*

– Il s'appelle Helder Cavaco, dit le policier en uniforme qui tenait en main le sachet en plastique contenant le portefeuille et le portable de la victime.

– Oui, je connais son prénom. Vous avez relevé son adresse ? Il a de la famille ?

– Il est inscrit à la commune de Larochette et loue une chambre au-dessus du café-restaurant « L'Alentejo ». Il est célibataire.

Durant quelques minutes, l'inspectrice, ébranlée par ce qu'elle venait de voir, resta assise dans la voiture. L'image de son adversaire de fortune ne voulait plus la quitter. Il fallait bien qu'elle en parle à son supérieur. Lui retirerait-on l'affaire ?

Son collègue la sortit de sa torpeur.

– Inspecteur, l'Alentejo est juste en face.

– Alors allons-y.

Il était presque minuit quand Claire et le brigadier arrivèrent au café. Sur la terrasse et à l'intérieur, une foule de gens gesticulaient et discutaient dans la langue de Camões. La nouvelle venait de faire la ronde. L'agent se posta à l'entrée tandis que l'inspectrice se frayait un chemin jusqu'au zinc. On était jeudi, mais à voir le nombre de clients dans le troquet, on aurait dit un vendredi. La clientèle était quasi exclusivement du sexe dit fort. Des regards se posèrent sur elle, mais hormis quelques chuchotements dans son dos, personne n'osa lui poser les questions que tous avaient sur les lèvres : « Que s'est-il passé ? Qui est la victime ? ».

Ceux qui s'attendaient à ce que la jeune femme commence directement à interroger les personnes présentes se trompaient. Elle s'installa tranquillement sur un tabouret et commanda un demi. Le brigadier n'en croyait pas ses yeux. Quand elle eut bu une grosse lichette de Super Bock, elle fit enfin signe au patron de s'approcher. Celui-ci, un homme d'une soixantaine d'années, s'exécuta en dégageant deux ou trois piliers de comptoir et s'installa à côté d'elle. Elle lui présenta sa carte :

– C'est vous le patron ? s'enquit-elle.

Il opina du bonnet et se présenta : Avelino Magalhaes. Les oreilles autour d'eux se tendirent.

– Vous êtes au courant de ce qui s'est produit il y a quelques heures ? commença-t-elle.

– Quelqu'un s'est fait abattre, m'a-t-on dit.

– En effet. Savez-vous de qui il s'agit ?

– Non, pas du tout.

– Le nom de Helder Cavaco vous dit quelque chose ?

– *Deus no !* Ne nous dites pas que Helder est mort.

Le nom de Helder fit sursauter l'assistance. Claire continua.

– Monsieur Magalhaes, il va falloir que vous vous présentiez au commissariat demain matin pour un entretien plus détaillé, mais avant cela, je vous prie de me montrer la chambre de Monsieur Cavaco.

Le patron fit une grimace. La policière comprit aussitôt.

– Nous sommes de la police judiciaire, monsieur, pas de l'ITM[1], allons-y.

Elle se leva de son tabouret et fit signe à l'agent en uniforme de la suivre. Le patron les précéda en montant les marches étroites d'un escalier en bois. Des effluves de sueur et de moisi les accueillirent sur le palier.

Vous avez combien de locataires ici dans la maison ?

Magalhaes hésita.

– Je loue quatre chambres.

– D'accord, mais combien de personnes ?

– Neuf, marmonna-t-il d'une voix anxieuse.

– Il me faut les noms et les numéros de téléphone de ces personnes pour demain.

Il choisit une clef dans son trousseau et ouvrit une vieille porte en bois. Elle demanda au patron d'attendre sur le palier. À l'intérieur régnait le désordre le plus total. Elle mit des gants en latex.

– Pourquoi deux lits ?

– Helder partage sa chambre avec Bimbo. Mais lui ne dort plus ici depuis un moment.

– C'est qui ce Bimbo ?

– Jorge Reus, un Brésilien comme Helder.

Claire se tourna vers le brigadier.

---

[1] Inspection du Travail et des Mines.

– Prévenez la scientifique de passer ici dès qu'ils auront terminé sur la scène du crime, voulez-vous ?

Elle referma la porte, la mit sous scellés, puis dévisagea le patron.

– Personne ne doit entrer dans cette pièce, personne, c'est d'accord ?

Il acquiesça.

– Et si le colocataire arrive ? demanda le brigadier.

– Lui non plus, c'est bien clair, Monsieur Magalhaes ?

– Il ne viendra pas.

– Vous en êtes sûr ?

– Il est enterré.

– Comment ? Il est décédé ?

– Il s'est suicidé il y a dix jours.

Claire recula.

– Et c'est maintenant que vous me dites cela ? Est-ce qu'il y a eu une enquête ?

– Je n'en sais rien. Nous attendons toujours qu'on vienne chercher ses effets, mais apparemment, il n'a pas de famille proche.

– Que s'est-il passé ?

– Il s'est jeté devant un train à la gare d'Esch.

Incrédule, elle secoua la tête.

– On reparlera de tout cela demain matin.

En bas, le café s'était vidé. L'heure de la fermeture avait sonné. Elle tendit sa carte de visite au patron, lui dit de se pointer chez elle au commissariat à onze heures et sortit. Une foule énorme s'était massée autour du lieu du crime et les policiers avaient fort à faire pour tenir les badauds à distance. Le corps avait été enlevé, mais la brigade scientifique était toujours à pied d'œuvre.

Dès qu'Yvon vit arriver l'inspectrice et l'agent, il alla à leur rencontre.

Un policier arborant fièrement ses galons de brigadier-chef rudoya Claire.

– C'est qui, ce pierrot ? Il n'arrête pas de nous casser les graines avec sa photo.

– Ce pierrot, comme vous dites, monsieur l'agent, c'est mon frère, répondit-elle durement.

– Laisse-le, chuchota Yvon, c'est un... tu sais bien. Regarde plutôt les photos de la bastide que j'ai prises.

Claire comprit tout de suite que son frangin avait découvert quelque chose et qu'il ne cherchait certainement pas dans cette situation à lui montrer des images touristiques. Elle prit le portable d'Yvon et regarda.

– Tu vois cette tête là-haut, sur les remparts.

Il pointa du doigt une petite tache noire sur l'écran. Claire agrandit la vue. En effet, un homme observait la scène qui se déroulait plus bas sur le parking.

– Ça ne veut rien dire, Yvon, c'est certainement un curieux qui a voulu être aux premières loges.

– C'est ce que j'ai pensé aussi au début, mais quand il m'a aperçu prenant des photos du château fort, il s'est rapidement éclipsé, comme s'il ne voulait pas être sur mes clichés.

– Garde la photo, on verra cela plus tard, dit-elle sans conviction. Nous rentrons.

Dans la voiture, l'inspectrice admonesta son frère.

– Tu comprends maintenant que je préfère ne pas te voir sur mon lieu de travail. Pourquoi te frotter inutilement à ce brigadier ? Il n'est pas là pour courir derrière les suspects, mais simplement pour sécuriser la scène du crime. La police judiciaire qui traque les malfrats, c'est moi !

– Une honte pour sa corporation, ce goujat. Je voulais juste lui...

– Arrête s'il te plaît, j'ai tout compris.

– N'empêche, ce spectateur est suspect, je te dis, grommela-t-il à voix basse. Puis il se tut jusqu'à l'arrivée à la maison.

Une demi-heure plus tard, Claire rejoignit son frère dans sa chambre.

– Qu'est-ce qui te chiffonne, ma sœur adorée ? dit-il en voyant Claire toute perplexe dans l'embrasure de la porte. Aurais-tu changé d'avis quant à ma photo ?

– Non, ce n'est pas ça, Yvon, je ne t'ai pas encore tout dit.

– Qu'est-ce que tu ne m'as pas encore dit ?

– Le mort, tout à l'heure, c'est le type qui s'est battu avec moi hier soir à la salle.

– Quoi ! T'en es sûre ?

– Oui, sûre et certaine.

– C'est le hasard qui l'a remis sur ton chemin, tu ne penses pas ?

– J'espère que oui, en tout cas, je dois en parler au commissaire demain au bureau.

II.

Au bureau, à peine installée, Claire fut appelée au rapport par son supérieur, le commissaire principal, Stéphane Welbes, un vieux grassouillet à quelques encablures d'une pension moyennement méritée. Welbes ne sortait plus sur le terrain depuis longtemps, il se contentait de tirer les ficelles depuis les coulisses, et tout spécialement celles de son inspecteur Dumaxe qu'il appréciait pour son efficacité, mais détestait pour ses méthodes de loup solitaire. En effet, Claire préférait enquêter en solo. Elle avait horreur que son chef lui mette un quelconque « collègue » dans les pattes.

– Une exécution comme celle-ci, Claire, ça m'a l'air d'être du gros, du très gros, et qui sait, peut-être la mafia. Alors, je vous recommande la plus extrême prudence, inspecteur Dumaxe, et surtout, surtout, j'insiste pour que vous cessiez de vous la jouer en solo. J'espère que vous m'avez bien compris, avertit le commissaire principal en fixant sévèrement son enquêtrice. Vous vous ferez accompagner par les collègues, d'accord ? Même si vous boxez comme une championne, vous n'êtes pas invincible, mettez-vous bien ça dans le crâne !

Claire approuva en dodelinant de la tête.

À peine était-elle sortie du bureau qu'il la rappela.

– Et je veux un rapport tous les jours. Bonne chance, Dumaxe, et faites attention !

Claire s'attarda un moment dans le bureau de Welbes. Elle hésita.

– Vous pouvez disposer, Dumaxe.

– Une chose encore, patron...

– Quoi encore ?

– La victime... Je connais le type. Enfin, je l'avais vu déjà avant.

– Expliquez-vous.

– Je l'ai croisé hier soir.

– Croisé ou rencontré ? Ne tournez pas autour du pot, venez-en aux faits, je vous prie.

– Croisé les gants.

– Comment, c'est un boxeur ?

– Pas tout à fait. Enfin, non.

– Abrégez, Dumaxe.

Elle alla s'asseoir devant son chef et lui relata tout ce qu'il s'était passé la veille.

– Je devrais vous écarter du dossier, inspecteur. Pire, je devrais vous compter parmi les suspects.

– J'en ai bien conscience...

Elle avala sa salive.

– Mais je vous assure, je ne connaissais pas cet individu avant, je n'ai rien à voir...

– Je veux bien vous croire, Claire, mais comprenez que la situation n'est pas simple. Vous savez ce qui me contrarie le plus en ce moment, c'est votre sempiternelle façon de toujours vouloir régler les choses avec vos poings.

– Vous exagérez, monsieur.

– Soit, je vous laisse sur l'affaire, mais je vous jure qu'au moindre caprice, vous serez écartée.

– Merci, commissaire.

*

– *Krus de eng Panzrappecht, Prinzessin ?*[1] sifflèrent ses collègues mâles quand elle revint dans le bureau paysager, un espace qu'elle exécrait à cause de certains imbéciles qui le peuplaient. Elle était la seule femme dans un bureau de mecs. Par moment, c'était l'enfer.

– *Haalt de Baak, soss kritt der mol eng Kéier eng riicht an d'Gladder !*[2]

Elle s'installa devant son ordinateur et mit son casque antibruit.

La victime, Helder Cavaco De Oliveira, 42 ans, de nationalité brésilienne, était arrivée au Luxembourg deux ans plus tôt. Pas de casier au Luxembourg. Claire lança une demande de renseignements au sujet de son macchabée auprès des autorités brésiliennes et d'Interpol. Elle était minée par la nuit blanche qu'elle venait de passer et ses yeux se fermèrent à plusieurs reprises. Elle avait du mal à rester concentrée.

Helder travaillait comme chauffeur dans l'entreprise de transport « Gomes » de Larochette. Une prochaine visite chez le patron s'imposait.

Son téléphone vibra. C'était le médecin légiste. Il demandait à Claire de passer le voir au plus vite. On se donna rendez-vous au laboratoire de Dudelange à 13 heures.

En attendant le rapport de l'analyse des effets personnels de la victime et de sa chambre à Larochette, elle se pencha sur le dossier de l'ami de Helder, récemment décédé. Jorge Reus, dit « Bimbo », s'était jeté devant le train sur le quai de la gare d'Esch-sur-Alzette deux semaines

---

[1] Est-ce qu'il t'a engueulée, Princesse ?

[2] La ferme ou bientôt je vous en colle une en pleine figure !

plus tôt. La brève enquête n'avait rien donné, et la mort par suicide avait été actée. Brésilien comme son pote, âgé de 39 ans, Bimbo avait travaillé dans une fabrique de pâtes à Esch. Bien que toujours inscrit à la commune de Larochette, il vivait depuis un moment avec sa copine, une Française du nom d'Anaïs Dupuis, à Audun-le-Tiche, une localité située de l'autre côté de la frontière à quatre kilomètres d'Esch. Son casier judiciaire était quasiment vierge également. Une petite bagarre dans le bar du quartier de la frontière où travaillait Dupuis, mais rien d'alarmant.

« Mais pourquoi se suiciderait-il seulement un an et demi après avoir entrepris un périple de plus de dix mille kilomètres de son São Paulo natal jusqu'au Luxembourg ? » pensa l'inspectrice. Plus étonnant encore, Reus venait de faire la demande d'obtention de la double nationalité luxembourgeoise et brésilienne. En vertu de la loi de 2008 relative au recouvrement de la nationalité, il envisageait de devenir Luxembourgeois. En effet, il était descendant en ligne directe d'une personne ayant possédé la nationalité luxembourgeoise au 1er janvier 1900, en l'occurrence son arrière-grand-père maternel, Georges Ewert, qui avait émigré de la Moselle luxembourgeoise au Brésil après la Grande Guerre.

Claire décida d'étudier le dossier du suicide de la gare d'Esch quand elle reçut un coup de fil de son frère Yvon.

– Je viens de t'envoyer un courriel avec un article que j'ai trouvé dans les archives de notre canard. Il s'agit d'un reportage dans un foyer de SDF à Luxembourg. Regarde bien la photo et lis les témoignages des habitants.

– Et qu'est-ce que tu as trouvé, Sherlock ?

– Vois par toi-même. Ça doit avoir été peu après l'arrivée des deux Brésiliens au Luxembourg. Bonne chance et fais gaffe, ici, au journal, on raconte que Helder était connu pour fréquenter les « Bulgares » au quartier de la gare. Tu sais qu'ils sont dangereux.

– Tu parles comme mon chef tout à l'heure.

– Je te parle en frère, mon amour.

– Pourquoi les « Bulgares » seraient-ils plus dangereux que les autres ?

– Ceux dont je parle le sont, et tu le sais bien.

– Des préjugés. La preuve, dans mon club il y a un Bulgare très gentil, Aleksandar, un ancien boxeur qui s'entraîne toujours avec nous.

– À propos de ton enquête, as-tu revu les photos d'hier soir, le badaud en haut sur le rempart ?

– Non.

– Bon, d'accord, je m'en occupe.

– T'as rien de mieux à faire que de te mêler de mon enquête ?

– Tu ne crois pas si bien dire. À plus, ma puce.

« Qu'est-ce qu'il peut être agaçant mon frérot », se dit-elle en raccrochant.

Claire pria le jeune couple de prendre place dans le parloir. La fille, Fatima Silva, 19 ans, portait un short en jean très court et un tee-shirt de camouflage. Son copain, Thierry Stephany, 20 ans, était habillé d'un pantalon de jogging gris duquel débordait un boxer rouge, ainsi que d'un marcel bleu foncé mettant en évidence ses biceps.

« Drôle d'accoutrement pour se rendre à un commissariat de police, pensa Claire. Les temps et les usages ont vraiment changé. Mais pourquoi ce gars exhibe-t-il ses biceps si moyennement musclés ? Il devrait jeter un coup d'œil chez nous à la salle, il verrait ce que signifie avoir du muscle. Toutefois, comme disait mon prof de psycho : la tenue vestimentaire est un langage. »

Les deux témoins, toujours sous le choc, relatèrent encore une fois *in extenso* ce qu'ils avaient vécu la veille. Ils s'étaient donné rendez-vous à la terrasse d'un café et, vers onze heures, ils s'étaient rendus en voiture sur le parking en face de la mairie pour écouter de la musique et passer un dernier moment ensemble avant de rentrer. Fatima habitait avec sa famille à Larochette, tandis que Thierry demeurait chez ses parents à Heffingen. Comme il faisait trop chaud dans la voiture, ils avaient décidé de faire quelques pas le long de l'Ernz Blanche et c'est alors qu'ils avaient aperçu, entre deux voitures garées sur le parking, le corps de la victime.

– Il était quelle heure ?

– Comme je le disais, onze heures et demie à peu près, répondit le garçon. En tout cas, c'était avant minuit, car Fatima doit être rentrée au plus tard à minuit. Son père est très strict.

– Est-ce qu'il y avait d'autres personnes à proximité ? Vous êtes-vous approchés du corps ?

– Fati était tellement effrayée que j'ai dû la soutenir et lui couvrir les yeux. Nous nous sommes aussitôt éloignés. Je n'ai vu personne d'autre. Après, j'ai appelé le 113.

– Qu'est-ce que vous faites dans la vie ?

– Nous sommes tous les deux élèves en terminale au Lycée Ermesinde à Mersch.

Pendant tout l'interrogatoire, la fille n'avait pipé mot. Le garçon avait répondu à toutes les questions. Claire leur signifia de se tenir à la disposition de la police et les fit accompagner au service de biométrie où on releva leurs empreintes digitales.

Entre-temps, les réponses des collègues internationaux étaient arrivées. Au Portugal, Helder Cavaco De Oliveira et Jorge Reus n'étaient pas connus des services de police. Au Brésil, cependant, tous deux avaient été impliqués dans plusieurs affaires de petite délinquance : vols dans les commerces, vols à l'arraché, etc. Chez Interpol, ils étaient inconnus au bataillon.

Elle ouvrit le courriel que son frère venait de lui envoyer. L'article de presse contenait une photo sur laquelle on voyait un groupe de sans-abris attablés dans un réfectoire en train de manger des frites. Parmi eux, Helder et Bimbo. Dans un petit encart, on donnait la parole aux pensionnaires, dont Helder qui expliquait son choix d'être venu au Luxembourg. Il avait entendu que, dans ce pays riche, on accueillait à bras ouverts la main-d'œuvre lusophone. Son but était de trouver au plus vite un bon job et de gagner beaucoup d'argent.

À onze heures, on annonça l'arrivée d'Avelino Magalhaes, le patron du bar et logeur de la victime. Il décrivit son pensionnaire comme un bon locataire, payant régulièrement son loyer. Les rares fois où il passait une soirée au café, il jouait un peu les grandes gueules. Pour le reste, il n'avait pas d'amis à Larochette, à l'exception de son pote Bimbo, bien sûr, avec qui il partageait sa chambre. De par son travail de chauffeur de camion aux Transports Gomes, il ne rentrait pas tous les soirs. Très souvent, il avait des tournées qui prenaient plusieurs jours et le menaient entre autres jusqu'au Portugal.

– L'aviez-vous vu hier avant sa mort ?

– Oui, il était rentré la veille d'une tournée de trois jours. Il a dîné dans la salle à manger et s'est retiré dans sa chambre. Hier matin, il a pris son petit-déjeuner à huit heures quand les autres locataires étaient partis.

– Vous êtes-vous parlé ?

– Non, il semblait pressé. Il a vite bu un chocolat chaud et avalé un petit quelque chose, puis il est parti avec sa voiture.

– Il avait une voiture ?

– Ah oui, depuis peu, mais pas une voiture quelconque, une Mercedes.

– Elle se trouve où ?

– Normalement, il la gare sur le parking en face de la mairie. Vous ne l'avez pas vue hier soir ?

– Il n'y avait pas de Mercedes à cet endroit, et il ne portait pas de clef de voiture sur lui.

– Peut-être se trouve-t-elle dans la cour de son entreprise ?

– On va vérifier ça. Merci, monsieur Magalhaes, c'est tout pour aujourd'hui. Tenez-vous à notre disposition, et surtout, faites respecter les scellés sur la porte de sa chambre.

Quand le bistrotier fut parti, elle appela aussitôt la brigade scientifique pour s'enquérir de la clef de la voiture. On avait effectivement trouvé la clef d'une Mercedes dans un tiroir de sa chambre, probablement la clef de réserve. Claire avisa tout de suite la police locale, afin qu'ils se mettent à la recherche de ce fameux véhicule.

Elle consulta le registre des voitures immatriculées au Luxembourg. Il n'y avait pas de véhicule enregistré au nom de Helder Cavaco De Oliveira.

*

Claire faisait face au chef de la médecine légale

– Inspecteur Dumaxe, j'ai un fameux problème avec vous.

– Un problème ?

– Inspecteur Dumaxe, vous portiez bien des gants hier soir, quand vous avez touché le cadavre ?

– Oui, pourquoi me posez-vous cette question ?

– On a trouvé votre ADN sur lui, sur son visage, ses mains et ses vêtements. Comment expliquez-vous cela ?

« Mince », pensa Claire, elle n'avait pas songé à ce détail.

– Il y a une raison, docteur, ce n'est pas un gant déchiré qui en est la cause.

– Évidemment non, on a entre autres relevé votre ADN sur ses vêtements.

– C'est possible, oui.

– Mon adjoint m'a rapporté que vous étiez très choquée hier soir à la vue du corps. Il a dit que vous connaissiez le type.

– Oui.

– Inspecteur, il serait temps d'éclairer ma lanterne.

– Ce type m'a aguichée comme un rustre hier soir en ville, alors je l'ai invité à la salle de boxe et je lui ai donné une leçon, voilà ! Il y a des témoins, et le commissaire principal est au courant. Je ne le connaissais pas avant.

– Alors c'est vous l'illustre boxeuse dont on parle dans les coulisses de la police.

Claire ne réagit pas à ce qui ressemblait à une provocation.

– Vous êtes consciente que je dois mettre ce détail dans mon rapport ?

– Oui.

– Ça pourrait vous attirer des ennuis.

– Je sais.

– On va vous écarter de l'enquête.

– Je sais… enfin, ce n'est pas sûr.

Comme Claire n'avait pas l'habitude de se laisser acculer, elle contre-attaqua de front.

– Je suppose que mon ADN n'est pas l'unique résultat de votre travail. Je m'attendais à ce que vous me révéliez des éléments importants pour mon enquête.

Le docteur hocha la tête.

– La personne est morte d'une balle en plein cœur à bout touchant. Un calibre 11,43.

– Une arme de truand. Une exécution.

– Sans aucun doute.

– À part ça, d'autres blessures ?

– Venez.

Il emmena Claire dans la salle voisine. Le macchabée se trouvait sur la table d'autopsie, couvert d'un linceul que le légiste retira d'un coup sec.

« Il veut m'impressionner », pensa Claire.

Un cadavre n'était jamais un spectacle agréable à voir, pourtant, elle ne broncha pas.

– J'avais tendance à croire qu'il y avait eu une bagarre avant le tir fatal, mais d'après ce que vous venez de m'apprendre, je commence à douter.

Il indiqua le menton noirci par un tatouage géant qui descendait de la mâchoire jusqu'à la poitrine. Claire avait l'habitude de voir des boxeurs tatoués à la salle, des tatouages de tous genres plus ou moins décryptables : noms, caractères chinois, barbelés, toiles d'araignées, ancres et autres silhouettes de nanas. Toutefois, un motif comme celui-ci, elle n'en avait jamais vu. C'était un motif indéchiffrable, vaguement un bouquet de fleurs ou un paysage, ou tout simplement un travail d'amateur raté, va savoir... Elle jeta un coup d'œil sur le reste du corps.

– Inspecteur, vous regardez trop bas, c'est ici le menton.

« Quel con ! » se dit Claire.

– La mâchoire inférieure est légèrement déplacée. Vous avez une belle droite, madame.

Claire foudroya le légiste du regard.

– À part ça ?

– À part ça, pas grand-chose. Un peu de caféine dans le sang, un croque-monsieur dans l'estomac...

– Ça va, ça va, docteur. Épargnez-moi ces détails captivants.

– Alors, ce sera tout. Mais malheureusement, je dois mentionner votre ADN dans mon rapport. Le procureur ne sera pas enthousiaste.

– Vous vous répétez, docteur. Au revoir.

À peine installée dans sa voiture, elle appela Yvon et lui raconta sa visite à la médecine légale. C'était la première fois qu'elle avait affaire à ce médecin. Son prédécesseur, une agréable personne d'un certain âge, était parti à la retraite quelques semaines auparavant.

– Laisse venir, frangine, ne t'énerve pas.

– Mais si ! Ce genre de type me fait sortir de mes gonds. Quelle arrogance !

– Il fait son boulot, et toi, tu fais le tien, point barre. Welbes a dit qu'il te laisse sur l'affaire, qu'est-ce que tu veux de plus ?

– Justement, c'est le procureur qui décide, pas le commissaire principal.

– Ils ont besoin de toi. T'es la meilleure, ils le savent tous, pourquoi t'évincer ?

– Parce que c'est le règlement.

– J'y crois pas. Écoute plutôt ce que j'ai trouvé. La personne que j'ai photographiée hier soir sur les remparts, j'ai agrandi son visage et j'ai fait des recherches dans nos archives. Et tiens-toi bien, j'ai l'ai retrouvée. Son portrait-robot était dans tous les journaux après le cambriolage du DAB de Weiswampach il y a deux mois.

– Le DAB ?

– Le distributeur automatique de billets. Avant qu'il ne parvienne à extraire le distributeur du mur à l'aide d'une charge d'explosifs, la caméra de surveillance avait filmé un visage. L'image était relativement floue, néanmoins on avait réussi à en faire un portrait-robot.

– Tu déjantes, frérot. Ta photo de nuit agrandie à l'extrême et un portrait-robot, ça ne se compare pas.

– J'insiste, il faut que tu regardes le visage sur la photo que je t'envoie à l'instant.

– Oui Sherlock, mais n'oublie pas de préparer le ring à la maison, ce soir, on va travailler.

– Uniquement si tu regardes la photo.

– Qu'est-ce qu'il est chiant.

Claire raccrocha et rechercha aussitôt dans la base de données la vidéo de la caméra de surveillance de l'affaire de Weiswampach, ainsi que le fameux portrait-robot qui avait été transmis aux organes de presse. L'enquête avait formellement identifié la personne filmée, il s'agissait d'une vieille connaissance d'Interpol, Dimitri Pavlikov, un truand en cavale depuis près de deux ans. Évadé de la prison de Liège où il purgeait une peine de cinq ans pour participation à une bande organisée particulièrement brutale qui rackettait les commerçants. Depuis quelques mois, il avait de nouveau fait parler de lui par une série de délits au Benelux et dans le nord de la France. Pavlikov était d'origine bulgare et détenait un passeport belge.

« Bravo Yvon, pensa Claire, en voilà une piste. »

Un orage était en train de s'abattre sur le Grand-Duché quand Claire Dumaxe dirigea sa voiture de service en direction de Larochette. Une déviation causée par un des innombrables chantiers dont regorge le Luxembourg lui fit perdre beaucoup de temps. Pourvu que Jesus Gomes, le patron de la société de transport, ne quitte pas trop tôt son bureau. Il était 18 heures passées quand l'inspectrice gara sa voiture dans la cour de l'entreprise. Deux porteurs frigorifiques de 19 tonnes étaient stationnés devant les entrepôts.

Claire sonna à la porte marquée « Bureaux ». Une jeune femme de ménage en chasuble verte d'une société de nettoyage lui ouvrit.

– *Os escritórios estão fechados, senhora.*[1]

L'inspectrice présenta sa carte.

– Je souhaite voir le patron, monsieur Gomes.

– *Oh a polícia* ! Moi appelle.

Elle disparut, abandonnant Claire sur le pas de la porte. Quelques instants plus tard, se présenta un homme d'une soixantaine d'années en costume-cravate.

– Excusez-nous, inspecteur, les bureaux sont fermés à cette heure-ci. On n'attend plus que deux camions qui doivent rentrer, et les premiers employés commencent à quatre heures du matin, quand les chauffeurs préparent leurs tournées.

Ils s'installèrent dans un petit parloir.

[1] Les bureaux sont fermés, madame.

– Vous faites quel genre de transports, monsieur Gomes ?

– Nous sommes spécialisés dans le transport d'aliments. Nous possédons exclusivement des camions frigorifiques.

– Au Luxembourg ?

– Un peu oui, mais on circule surtout entre le Portugal et le Luxembourg, et bien sûr aussi entre Paris, c'est-à-dire Rungis, et ici.

– Parlez-moi de monsieur Cavaco De Oliveira.

– Oh Helder, pauvre garçon, paix à son âme. Il était un bon chauffeur, quoique la ponctualité laissait à désirer.

– Comment ça ?

– Il rentrait assez souvent avec un retard conséquent.

– Un retard conséquent ?

– Deux à trois heures de retard sur son horaire. Apparemment, il était toujours pris dans des embouteillages, plus souvent que les autres chauffeurs... Bizarre.

– Vous n'utilisez pas les systèmes de localisation des camions par GPS ?

– Non, malheureusement pas jusqu'ici. On est en train d'équiper les véhicules en ce moment. Au plus tard dans deux semaines, ce sera opérationnel.

– Il était comment, Helder, humainement parlant ?

– Il travaillait ici depuis plus d'un an, mais il était resté relativement renfermé. Il était plutôt calme. Néanmoins, ses collègues racontent qu'il pouvait devenir très bruyant, voire agressif, quand il avait bu. Cependant, la vie privée de mes chauffeurs ne m'intéresse pas tant que leur travail est correct. Helder, au boulot, était toujours sobre, et il se portait toujours volontaire pour les tournées les plus longues, les plus pénibles.

– Parce qu'il n'avait pas de famille qui l'attendait ?

– C'est ce que j'en déduisais. Cependant, je le soupçonnais d'avoir une petite amie à Paris, d'où ses retards fréquents.

– Donc, il a dû aller souvent à Paris ?

– Plusieurs fois par semaine, il était le chauffeur qui connaissait le mieux Rungis, et surtout nos fournisseurs. Toutefois, la semaine dernière, il est venu me voir pour demander de changer de tournée.

– Pour quelle raison ?

– Il disait qu'il en avait marre de dormir dans son véhicule plusieurs nuits par semaine.

– Au moment où vous vous équipiez d'un TMS[1] moderne, étonnant non ?

– Si vous le dites, je n'y ai même pas pensé.

– Où est son camion ?

Le directeur cacha un rictus narquois.

– À Rungis, bien sûr.

– Quand est-ce qu'il est parti ?

– Ce matin.

– Vous n'auriez pas pu envoyer un autre camion ! Vous auriez pu deviner que la police viendrait inspecter le véhicule, bon sang ! se fâcha Claire. Qui était prévu pour la tournée ?

– Helder.

– Vous n'avez pas chômé pour trouver un remplaçant.

– Nous avons toujours un chauffeur de réserve, en l'occurrence mon fils, il est le remplaçant *ad hoc*, comme nous disons ici.

– Et les policiers qui sont venus ce matin n'ont pas demandé à immobiliser le camion ?

---

[1] Transport Management System

– Trop tard, ils sont venus entre sept et huit heures, alors que le camion était parti depuis un bon moment.

– Qui vous a prévenu du meurtre d'hier soir ?

– Avelino Magalhaes.

– Le patron du bar ?

– Exact.

– Quand ?

– Il m'a téléphoné peu après minuit.

– Alors vous n'avez pas trouvé mieux que de charger votre fils de conduire le camion.

Re-sourire narquois.

– *Business is business*, madame ! Les produits frais n'attendent pas le bon vouloir de la police.

– Dès que vous saurez à quelle heure le camion rentre ce soir, vous nous préviendrez, compris !

– Demain matin, pas ce soir.

– Demain matin, alors.

– Une dernière question : savez-vous où se trouve la voiture de monsieur Cavaco ?

– Non, en tout cas pas ici.

Que penser de cette histoire de camion ? L'ambiguïté du comportement du directeur la dérangeait. Elle décida d'aller voir encore une fois le patron du bar. Elle le rencontra sur la terrasse en train d'essuyer les tables.

Elle alla droit au but.

– Monsieur Magalhaes, pourquoi ne m'avez-vous pas dit ce matin que vous aviez prévenu dès hier soir le patron de Helder ?

– Vous ne me l'avez pas demandé, et franchement, je n'y ai pas pensé. Avez-vous trouvé la voiture de Helder ?

– Non, pas encore. Dites-moi plutôt : y a-t-il d'autres pensionnaires chez vous qui travaillent dans l'entreprise de monsieur Gomes ?

– Non, tous les autres travaillent dans la construction. Toutefois, je crois que la copine de Miguel travaille chez Jesus comme femme de ménage.

– Je pense l'avoir croisée ce soir. Et Miguel fait quoi exactement ?

– Il est chauffeur de camion de chantier chez TPC-Moselle.

– Est-ce qu'il a aussi un nom de famille, Miguel ?

– Miguel Da Fonseca.

– Il est là ce soir ?

– Euh...

– Est-ce qu'il est à la maison, oui ou non ?

– Miguel est très travailleur.

– D'accord, je veux bien le croire, dois-je penser qu'il est en train de travailler quelque part au noir en ce moment ?

– Noooon !

– Il est où alors ?

– Le soir, il aide à la cuisine chez nous.

– Donc, du travail non déclaré.

Silence.

– Je veux lui parler. Veuillez l'appeler, s'il vous plaît.

– Migueeeel ! *Vem cá* !

Deux secondes plus tard, un jeune homme d'une trentaine d'années pointa son nez.

– Oui patron ?

– Viens un instant, la commissaire veut te parler.

– Inspecteur, pas commissaire.

D'un pas hésitant le jeune homme sortit sur la terrasse.

– Miguel Da Fonseca ?

– C'est moi, répondit-il à la policière en baissant les yeux.

– Rassurez-vous, Miguel, je ne suis pas là pour contrôler ce que vous faites ce soir. J'enquête dans l'affaire du meurtre de monsieur Helder Cavaco De Oliveira. J'ai juste quelques questions à vous poser. Connaissiez-vous bien Helder ?

– Un peu, il n'était pas trop liant avec nous, les Brésiliens sont comme ça.

– Et son ami Jorge Reus était pareil ?

– Oh, lui n'a presque jamais été ici : *amor, amor*... Il avait trouvé son âme sœur ailleurs.

– Le nom de Jesus Gomes vous dit quelque chose ?

– Oh oui, le patron.

– Comment le patron ? Je vous croyais travailler dans une entreprise de construction ?

– Oui, oui.

– Dois-je comprendre que vous avez travaillé aussi pour l'entreprise Gomes ?

– Euh...

– J'espère que vous êtes conscient que mentir à un représentant des forces de l'ordre peut vous coûter cher, alors, dites-moi la vérité.

– Euh... oui, les week-ends de temps en temps, ou pendant les vacances, par exemple pour faire le trajet Portugal et retour, ou Paris.

Claire s'arrêta là, préférant que cet entretien reprenne plus tard, au bureau, et sans la présence de plusieurs paires d'yeux et d'oreilles sur la terrasse qui s'efforçaient de capter tout ce qui se disait. Elle pria Miguel Da Fonseca de se tenir à la disposition de la police pour le cas où il y aurait d'autres questions. Ce jeune homme à priori un peu naïf lui cachait-il quelque chose ? Et que dire de ce patron de bar qui louait des chambres vétustes à des jeunes travailleurs, et de surcroît les employait illégalement dans la cuisine du restaurant ?

Elle rentra ensuite à la maison où Yvon, en tenue de sport, l'attendait avec un petit encas. Durant les deux heures d'entraînement qui suivirent sur le ring privé dressé dans la grange de leur maison de campagne, son frère essaya de la pousser jusque dans ses derniers retranchements. Mais en fait, c'est elle qui poussa son frangin à donner tout ce qu'il avait dans les tripes. Elle avait la rage, et ça, il fallait bien que ça sorte. À bout de force dans ses protections de boxe, Yvon voulut en rester là à plusieurs reprises, mais Claire le motiva pour continuer à la faire travailler encore et encore. « Sans travail, pas de victoire ! » aimait-elle répéter.

Après la douche, les jumeaux, comme à leur habitude, se retrouvèrent un livre à la main dans le grand lit de Claire pour le retour au calme. Ce soir-là, cependant, Yvon n'avait pas la tête à la lecture. Une chose le taraudait : le présumé suicide de Bimbo. Il avait peine à croire que cet homme dans la force de l'âge se jette de son plein gré sous le train pour en finir avec une vie qu'il venait à peine de refaire en Europe. Cette enquête avait-elle été menée avec toute la rigueur nécessaire ?

– Claire, il faut que tu me procures les vidéos des caméras de surveillance de la gare d'Esch le jour de la mort de Bimbo.

– Il n'en est pas question.

– Il me les faudra.

– Pour quoi faire ?

– Je ne crois pas au suicide.

– Il y a eu enquête.

– J'ai mes doutes quant au sérieux de ces recherches.

– Tu peux penser ce que tu veux, mais tu n'es pas flic, et de toute façon, je n'ai pas le droit de te les donner… protection des données.

– Alors, c'est à toi de les visionner !

– Tu ne penses pas que j'ai mieux à faire en ce moment ?

Le lendemain, au commissariat, Claire fit venir une jeune stagiaire de l'école de police et l'installa sur une petite table à côté de son bureau. Elle lui présenta plusieurs disques et lui expliqua ce qu'elle devait faire : visionner ces disques, sélectionner les heures avant et après la mort de Bimbo, voir les têtes des personnes qui circulaient dans le hall de la gare et sur les quais d'Esch à ce moment de la journée, et noter tout ce qui lui paraîtrait étrange.

Le téléphone de Claire vibra. C'était la scientifique. On venait de trouver la voiture de Helder dans les Ardennes belges, entièrement calcinée. On allait essayer de relever des indices, mais les chances de succès étaient infimes.

Puis ce fut au tour d'Yvon d'appeler pour s'enquérir des vidéos.

– Calme-toi, frérot, nous sommes en train de les visionner.

– N'oublie pas de me téléphoner quand vous aurez trouvé quelque chose.

– T'inquiète. Dis-moi : tu ne bosses donc jamais dans ton canard ?

– C'est les vacances scolaires, donc période creuse, journaux peu épais, bref, pas de boulot.

Claire décida d'aller rendre visite au bistrotier du quartier de la gare, le troquet du nom de « Cinderella » où Helder l'avait aguichée. Apparemment, le Brésilien y avait ses habitudes.

Une seule table était occupée par deux francophones en train de discuter football. En luxembourgeois, elle pria le patron de la rejoindre à une table un peu à l'écart. Jos Hoffelt était l'un des rares gérants de bar autochtones encore actifs dans ce quartier. Avec plus de 90 % d'étrangers, le quartier de la gare de Luxembourg était composé d'un mélange de cultures de tous les coins du monde, un authentique *melting pot*.

Hoffelt réagit avec beaucoup de réticence aux questions de l'inspectrice. Ce n'est que lorsque les deux clients eurent quitté le local que sa langue se délia. Il se pencha vers elle et dit à voix basse :

– Je dois vous révéler une chose, mais je vous préviens, j'aurais préféré ne pas le savoir.

– Je vous écoute, monsieur Hoffelt.

– Depuis une semaine, Helder essayait de se procurer une arme. Il m'a demandé si je ne connaissais pas quelqu'un qui vendrait ce genre de choses. Bien sûr que je l'ai envoyé se faire voir.

– Bien sûr, ça va sans dire.

– Vous ne voulez pas me croire ? Interrogez votre ordinateur, Hoffelt n'a pas de casier. J'ai toujours été réglo, et, de surcroît, je paie mes impôts rubis sur l'ongle.

– Je ne mets pas en doute votre intégrité, Hoffelt, dites-moi plutôt pourquoi Helder était à la recherche d'une arme.

– Aucune idée, il n'a rien dit, et moi, je ne pose jamais ce genre de question, ça ne me regarde pas. Toutefois, je peux vous dire une chose : Helder venait ici quasi tous les jours, ce qui veut dire que je le connaissais un peu, et depuis quelques jours, il m'a paru très angoissé.

– Quand il m'a aguichée comme une pute avant-hier, il ne m'a pourtant pas paru angoissé...

– ...plutôt éméché, inspecteur, *hien hat d'Panz voll* [1]. Ça aussi, c'était le signe que quelque chose ne tournait pas rond chez lui, car avant, il ne buvait presque jamais d'alcool.

– Il cherchait donc une arme. À votre avis, est-ce qu'il a pu en trouver une ?

– Aucune idée. En tous cas, ce n'est pas dans mon bistrot qu'on fait le commerce de ces choses-là.

– Évidemment pas. On raconte qu'il avait une petite amie dans le coin.

– Faux ! Depuis que son pote Bimbo l'avait un peu délaissé à cause de cette serveuse, Helder était devenu un solitaire.

– Et Bimbo ne venait jamais boire un verre chez vous ?

– Bien sûr que si. Je le connaissais bien, Bimbo, un chic type. Il était fou de cette drôlesse et pensait même au mariage.

– C'est qui cette drôlesse ?

– Elle s'appelle Anaïs, je crois, une Française. Apparemment, elle est barmaid dans une boîte de nuit à Esch, dans le quartier de la frontière précisément. Je ne com-

[1] Il était bourré.

prends pas pourquoi Bimbo se serait donné la mort. Pour moi, c'est inexplicable !

– Le nom de cette boîte ?

– Le Zanzibar, m'a-t-on dit.

Claire nota le nom de la fille et celui de la boîte dans son calepin.

– Revenons à Helder. Avait-il des ennemis ou a-t-il eu ces derniers temps des altercations avec quelqu'un ?

– Pas que je sache.

– Connaissez-vous un certain Miguel Da Fonseca ?

– Non, devrais-je ?

L'inspectrice ne répondit pas et se leva, remercia son interlocuteur et partit. Devant le Cinderella s'était réunie une grappe de personnes, la clope au bec, discutant et gesticulant. Parmi eux, elle reconnut les deux types qui, quelques minutes plus tôt, étaient attablés à l'intérieur. Tout le monde se tut sur son passage. Les palabres reprirent dès qu'elle fut à bonne distance.

Comme c'est la tradition au Luxembourg, l'autoroute A4 en direction d'Esch-sur-Alzette était bouchée pour cause de travaux. Claire profita de cet arrêt pour donner un coup de fil au Zanzibar afin de s'assurer qu'Anaïs était bien au travail. Une voix féminine éraillée lui confirma que madame Anaïs Dupuis était de service.

Elle appela ensuite le bureau pour demander à sa stagiaire des nouvelles des vidéos de surveillance. On l'informa que la jeune fille ne s'était « pas sentie bien » et était rentrée chez elle depuis plus d'une heure. « Quelle tristesse ! On lui demande de faire un travail qu'elle n'aime pas trop, et hop, elle tourne de l'œil et rentre à la maison ! Elle va faire une excellente fliquette, celle-là ! » ironisa Claire. Toutefois, et à sa grande surprise, le collègue au téléphone lui apprit que les copains s'étaient réparti le travail entre eux et que le visionnage était presque terminé. « Souvent couillons, mes collègues, mais pas toujours », pensa-t-elle.

Quand elle poussa la porte du Zanzibar, une odeur de renfermé assaillit ses narines. Derrière le zinc, une dame d'un certain âge était en train d'ouvrir une bouteille de crémant. Devant elle, un type en costume-cravate assis sur un tabouret enlaçait fiévreusement sa compagne en tenue légère. La patronne leur remplit deux flûtes à champagne et posa la bouteille dans un bac à glace devant eux tandis que le client baisait goulûment le cou de sa conquête.

Claire s'approcha du comptoir sans que les deux amoureux ne s'en aperçoivent. La patronne se tourna vers elle.

– Vous êtes sans doute l'inspecteur de la police judiciaire, n'est-ce pas ?

La fille en tenue légère se retourna et se détacha aussitôt de son chevalier servant.

– C'est pour toi, Anaïs, souffla la patronne.

Le client tourna le dos à Claire et se fit tout petit, comme s'il venait de commettre un péché mortel. La fille s'approcha lentement.

– Madame Anaïs Dupuis ?

– Oui, c'est moi.

– Très bien, asseyons-nous là-bas, dit Claire en pointant du doigt une sorte d'alcôve aux fauteuils de satin rouge dans la pénombre d'un coin. Vous pouvez prendre votre verre avec vous si vous le désirez.

– Non, pas la peine, répondit Anaïs d'une voix hésitante.

– Je dois vous poser quelques questions, madame. C'est au sujet de votre ami Jorge et de son copain Helder.

Malgré la quasi-obscurité de l'endroit, Claire se rendit compte qu'Anaïs tremblait.

– Madame Dupuis, vous connaissiez monsieur Helder Cavaco De Oliveira ?

– Oui.

– Vous êtes au courant qu'il a trouvé la mort hier ? Une mort violente.

Elle tourna la tête et commença à sangloter.

– Oui, je l'ai appris ce matin, gémit-elle. Miguel m'a téléphoné.

– Miguel Da Fonseca ?

– Oui.

– Helder a été abattu, et son meilleur ami, Jorge Reus, est mort également, il y a une dizaine de jours. Vous trouvez ça normal ?

– Non, hoqueta-t-elle.

– Alors, expliquez-moi cette coïncidence.

– Jorge et moi voulions nous marier.

– Ça m'a déjà été rapporté.

La matrone derrière le comptoir dressa les oreilles. Pour échapper à sa curiosité malsaine, Claire demanda la permission de s'installer avec son interlocutrice dans l'une des alcôves qui avaient été aménagées au fond du local. Elles étaient destinées à s'isoler avec une conquête d'un soir en fermant le rideau de satin rouge qui faisait office de porte.

Il régnait à l'intérieur une odeur désagréable. Sans doute la femme de ménage avait-elle oublié de désinfecter l'endroit. Les deux femmes s'installèrent côte à côte sur le canapé.

– Maintenant Anaïs, racontez-moi ce que vous savez au sujet de ces deux décès. Commençons par le suicide de Jorge. Pourquoi a-t-il fait cela ? Et si peu de temps avant votre mariage ?

Aussitôt, les larmes jaillirent de nouveau.

– Je n'en sais rien.

– Était-il dépressif au point de se jeter sous un train ? Ou avait-il peur de quelque chose ?

– Je n'en sais rien. Non, il n'était pas dépressif. Pourquoi m'a-t-il fait ça !

– Doit-on en déduire que sa mort a été provoquée par quelqu'un d'autre ?

– Je n'en sais rien.

– Anaïs, maintenant vous arrêtez de répéter « Je n'en sais rien ». Je suis sûre que vous savez quelque chose et je suppose que vous en savez même beaucoup. Déballez, sinon je me vois contrainte de vous emmener au commissariat.

Elle commença timidement à parler.

– Jorge n'était plus comme avant les derniers jours avant sa mort.

– Ce qui veut dire ? Était-il inquiet ?

– Peut-être, oui.

– J'ai appris qu'il ne voyait plus beaucoup son ami Helder et qu'il habitait pour ainsi dire chez vous. C'est vrai ?

– Oui, on a même dû installer une parabole au balcon pour capter la RTP1.

– La RTP1 ?

– La télé portugaise. Moi, je suis Française, je n'ai pas besoin de cela, je ne comprends pas un traître mot. D'ailleurs, comme je travaille quasiment tous les soirs, je n'ai pas le temps de regarder la télé.

– Donc, le soir, Jorge regardait la télé, c'est ça ?

– Je ne pouvais pas contrôler ce qu'il faisait après le travail. Je sais seulement qu'une fois par semaine, le mercredi soir, il sortait avec Helder jouer aux cartes.

– Où ?

– Apparemment chez des privés à Luxembourg, je n'en sais pas plus. Il faut demander à Maria, elle y va aussi.

– Maria comment ?

– Maria Da Conceição.

– C'est qui celle-là ?

– Une femme qui…

– …qui quoi ?

– Une femme qui fait le trottoir le soir dans le quartier ici. Quand je suis arrivée ici dans la maison, elle faisait des remplacements de temps en temps, mais madame l'a virée.

– Pourquoi ?

– Parce qu'elle aguichait les clients ici et leur donnait rendez-vous après le service dans l'appartement de son copain pour se prostituer.

– Vous connaissez son copain ?

– Non, je sais seulement qu'il est très violent. Il est souvent mêlé à des rixes dans la rue. Je crois qu'il est Albanais.

– Son mac, c'est bien ça ?

– Je ne sais pas.

– Vous me dites que Maria va aux soirées de poker, elle aussi, elle n'y va certainement pas pour jouer au poker.

– Elle y fait le service.

– Je ne veux pas savoir de quel service il s'agit, mais j'en conclus que son mac y va aussi.

– C'est possible.

– Vous savez où se trouve l'appartement de son copain ?

– Ici, dans la région d'Esch, mais je ne sais pas où exactement.

– Et le fait que Bimbo sorte à un endroit où se trouvent des prostituées ne vous rendait pas jalouse ?

– J'avais confiance en lui.

Claire notait tout l'entretien dans son calepin.

– Parlons un peu de Helder. Vous le connaissiez bien ? Est-ce qu'il était client ici au Zanzibar ?

– Je le connaissais surtout par les récits de Jorge. Il est venu une fois, mais après, Jorge s'est fâché et il lui a interdit de remettre un pied par ici. Jorge, pour sa part, ne venait jamais non plus. Madame interdit la présence de nos conjoints dans le bar.

– Est-ce que Jorge possédait une arme ?

– Non, pas que je sache.

– Et Helder ?

– Non, sinon Jorge aurait fini par me le dire. Il parlait tous les jours de son ami Helder.

– Une dernière question : où est-ce que je peux trouver madame Da Conceição ?

– Elle est dans le quartier tous les soirs, à l'exception des mercredis.

Quand Claire sortit de l'alcôve, le bar s'était rempli de clients, et plusieurs dames en tenue légère faisaient le service sous le regard inquisiteur de la patronne qui gérait le tiroir-caisse. Il fallait trouver cette Maria Da Conceição. Les collègues d'Esch allaient l'aider à mettre la main sur elle.

*

Claire quitta Esch vers 15 heures.

À peine était-elle arrivée au bureau que son téléphone portable vibra de nouveau. C'était son frère.

– Tu commences à me casser les pieds, Tintin, décrocha-t-elle.

– Du calme, Miss Marple, je voulais juste te demander comment s'est passée ta descente au Zanzibar.

– La fille m'a livré une piste, mais avant tout, je dois retrouver une personne susceptible de pouvoir me donner davantage d'infos.

– De qui tu parles ?

Du coin de l'œil, elle vit que ses collègues la fixaient. Elle baissa la voix.

– Pas maintenant, Yvon, ce soir…

– Et les vidéos ?

Elle chuchota.

– Ce soir, je te dis.

Puis elle continua à voix haute.

– Oui, du chou-fleur, des œufs durs à la sauce blanche et des pommes de terre rissolées, bonne idée, chef !

– D'accord, j'ai compris. À plus tard, dit Yvon, et il raccrocha.

– Tu veux connaître le résultat de nos visionnages, dit une voix derrière elle.

– Est-ce qu'il y a quelque chose à voir ?

– *Sief net esou presséiert* ![1]

Ils s'installèrent dans la salle de conférence et mirent le vidéoprojecteur en marche. L'écran divisé en six affichait 21 heures 47, donc dix minutes avant le présumé suicide de Helder. Dans chacune des six parties, on pouvait visionner en noir et blanc les enregistrements des différentes caméras, la première montrant l'entrée du hall de la gare, la deuxième et la troisième, l'intérieur du hall, la quatrième, le passage souterrain menant vers les quais deux et trois, la cinquième, le quai numéro un, et enfin, la sixième, les quais deux et trois. Les champs de vision n'étaient évidemment pas complets, toutefois les surfaces à surveiller étaient en majeure partie visibles.

Un des collègues agrandit l'entrée de la gare.

– Tu vois ce type qui entre, Claire, garde-le en mémoire, dit-il, on va le revoir.

Une personne vêtue d'un blouson en jean, d'un chapeau de paille du style ragusain et de lunettes de soleil entra d'un pas décidé. Il n'y avait pas d'autres personnes à voir sur la vidéo. Le policier passa sur la caméra deux. On vit le gars se retourner brièvement en direction de la caméra, se toucher le front en continuant son chemin. Il ne prêta aucune attention au groupe de jeunes qui discutaient dans un coin et se dirigea tout droit vers l'escalier du souterrain. Le policier passa à la caméra montrant les quais deux et trois. Le quai trois était vide. Probablement n'y avait-il pas de trains prévus. Sur le quai deux, une bonne vingtaine de personnes attendaient l'arrivée du train allant en direction de la capitale. Parmi elles, en bas de l'image, on voyait s'entretenir deux dames avec des sacs à main, probablement des ouvrières rentrant du tra-

[1] Ne sois pas si pressée.

vail. Au fond, quelque peu masquée par d'autres voyageurs, on apercevait une personne seule, un homme adossé à un poteau, en train de tapoter sur son portable.

– C'est Jorge, dit un policier.

L'homme au chapeau arriva et se dirigea droit vers Jorge. Les deux hommes semblaient se connaître. Ils entamèrent une conversation.

Le collègue qui tenait la télécommande avança la vidéo d'environ trois minutes en mode rapide. Soudain, on vit toutes les personnes se tourner dans une même direction. Le train faisait son entrée en gare. Toutes avancèrent de quelques pas sur le quai. Juste avant que la locomotive arrive à l'image, l'interlocuteur du Brésilien s'agenouilla. Son chapeau était tombé par terre. Caché par les voyageurs, on ne le voyait plus. Peu avant que la machine arrive à la hauteur de Jorge, on le vit trébucher, basculer en avant et tomber sur les rails. Pas moyen pour le chauffeur d'arrêter son engin. Panique sur les quais.

– Comment est-ce possible que le rapport nous dise que Jorge s'est jeté devant le train ? Soit le type a perdu l'équilibre et est tombé… soit il a été poussé !

– Mais par qui ?

– Par l'homme en train de ramasser son chapeau.

– Arrêtez. Pas de conclusion hâtive, intervint Claire. Il aurait été vu. Or, dans le rapport, aucun des voyageurs questionnés n'a fait mention d'un geste malveillant.

On revint en arrière sur la scène de la chute.

– Regardez les gens, constata le collègue à la télécommande, tous ont le regard tourné vers les wagons, personne ne prête attention à ce qui se passe au niveau du sol. Mais regardez la suite.

Il passa à la caméra montrant le hall de la gare. On vit l'homme au chapeau de paille sortir, tandis que tous les autres voyageurs, poussés par la curiosité, se précipitaient vers le souterrain pour accéder au quai numéro deux. Cette fois-ci, on le voyait de face. Claire demanda de figer l'image.

– Agrandis un peu, s'il te plaît, Jérôme.

– Tu connais le bonhomme ?

– Et comment que je le connais, c'est Dimitri Pavlikov, celui qu'on cherche depuis des mois et qu'on a aperçu à Larochette sur le lieu du crime. Quelle coïncidence !

– Pourquoi ce Pavlikov se barre, tandis que les autres personnes se précipitent sur le quai numéro deux pour voir ce qui s'est passé ?

– Peux-tu envoyer la photo du visage sur mon portable, demanda Claire en sortant de la salle de réunion. Et essayez de dénicher cette Maria Da Conceição.

Le soir, à l'entraînement de boxe du club, le coach fit travailler ses athlètes par paires. Claire se vit désigner comme binôme le bulgare Aleksandar, un partenaire que Claire affectionnait pour sa politesse et son énorme respect envers son vis-à-vis. Il avait arrêté la boxe en compétition depuis une dizaine d'années, mais il était toujours fort bien charpenté et venait à la salle uniquement pour garder la forme. Quoique plus lent dans ses réflexes, il avait toujours le punch dur et gardait une condition physique impeccable. Pour Claire, il était le partenaire idéal, entre autres parce qu'il retenait toujours ses coups quand il touchait. Il ne frappait jamais pour faire mal, il avait compris qu'ils n'étaient qu'à l'entraînement. Contrairement à certains jeunes frimeurs qui n'arrêtaient pas de faire des remarques salaces à l'encontre de Claire, Aleksandar restait toujours un gentleman attentionné. Plus d'une fois, il prit la défense de sa partenaire d'entraînement contre des jeunes fanfarons.

Claire pour sa part en rigolait, ou du moins faisait semblant. De par sa technique et sa forme physique, elle aurait pu défier n'importe lequel de ces prétendus Cassius Clay tatoués à outrance et les punir de sa belle droite au menton. Mais elle préférait garder son calme. Un beau jour, alors qu'il n'y avait pas d'entraîneur dans la salle, un boxeur amateur l'avait défiée. Il voulait absolument se battre avec elle, mais bien évidemment, elle lui avait opposé un refus. Alors il était devenu insolent et l'avait traitée de pute à flics. Aleksandar, qui avait suivi la scène, s'était aussitôt interposé.

– Si tu veux te battre, fiston, alors ce sera contre moi.

– Dégage pépère, avait-il répondu, mais Aleksandar avait insisté.

Claire avait voulu intervenir, mais les autres athlètes l'avaient arrêtée. Aleksandar avait la cinquantaine et n'avait plus combattu depuis des années. Finalement, les deux protagonistes étaient montés sur le ring. Le prétentieux, qui s'était senti pousser des ailes, n'avait même pas tenu deux rounds avant de s'effondrer dans les cordes, foudroyé par un uppercut d'Aleksandar. On ne l'avait plus jamais revu au club.

Ce soir, le coach avait confié au bulgare sa championne, afin de travailler la vitesse. Il faisait cela mieux qu'Yvon qui n'avait jamais pratiqué la boxe en compétition lui-même. En fait, il avait appris les gestes avec sa sœur. En revanche, avec Aleksandar, elle avait affaire à un ancien pro qui connaissait mieux que quiconque toutes les ficelles du métier. Physiquement, il la poussait jusque dans ses derniers retranchements. Il aimait répéter qu'un boxeur mal préparé se fatigue trop vite et perd de sa lucidité. Sans un hypothétique « *lucky strike* », la défaite est inévitable.

Il manquait dans le club des femmes boxeuses du niveau de Claire. Le bulgare faisait donc souvent office d'entraîneur, de sparring-partner et de conseiller. Ce soir-là, à la pause, pendant que Claire et lui, ruisselants de sueur, se désaltéraient, Aleksandar demanda à Claire si elle avait eu connaissance du meurtre de Helder Cavaco De Oliveira, celui qu'elle avait corrigé sur le ring quelques jours plus tôt. Claire acquiesça.

Il continua.

– Qui est-ce qui dirige l'enquête ?

– La police judiciaire, bien sûr.

– Alors tu dois être aux premières loges pour suivre l'avancement des recherches.

Elle ne répondit pas, mais se leva pour retourner au charbon, faisant simplement remarquer qu'elle ne parlait jamais de son travail en dehors de la police. Aleksandar n'insista plus.

Yvon avait préparé des spaghettis à la carbonara pour le dîner. Il savait que sa sœur en raffolait. Toutefois, il vit que cette fois, Claire hésitait avant de commencer à manger.

– Qu'est-ce qui se passe, ma sœur d'amour, c'est pas bon ?

– Bien sûr que si, homme de ma vie, tu fais les meilleures carbonaras du globe.

– Alors pourquoi ne manges-tu pas ?

– Je mange, mais je me fais du souci pour mon poids. Trop de féculents le soir fait grossir, or je dois absolument rester au poids, sinon je dois monter en catégorie. Je ne pourrais alors défendre ma ceinture.

– T'es à plus de deux kilos du poids limite, Claire, et en quelques semaines, tu ne gonfleras sûrement pas de plus de deux kilos, t'inquiète. Par ailleurs, après un entraînement dur comme celui de tout à l'heure, tu dois reconstituer tes réserves en sucres lents.

Elle leva les yeux au ciel et commença à écraser le jaune d'œuf cru qu'Yvon avait remis dans une moitié de coquille et placé dans son assiette au milieu d'un nid de pâtes. Elle pensa à son frère jumeau qui était tellement attentionné. Jamais elle ne pourrait s'imaginer une vie sans lui à ses côtés.

– Bon appétit, Miss Marple.

Elle lui répondit avec son plus beau sourire.

Après le dîner, Claire lui fit le rapport de sa journée. Elle lui parla de sa rencontre avec Anaïs Dupuis au Zanzibar, de Maria Da Conceição et de son mac qu'il fallait localiser, ainsi que de Dimitri Pavlikov sur les vidéos de surveillance.

– Tu pourrais remercier ton frangin, ma chère sœurette. Une fois de plus, j'ai flairé la bonne piste en apercevant ce type sur le lieu du crime. Au début, tu ne voulais même pas me croire, avoue-le !

– Ouais frérot, t'es le meilleur, tu ferais un excellent détective. Pourquoi ne te mets-tu pas à ton compte, rigola-t-elle, tu serais le Nestor Burma du Luxembourg.

Il n'était même pas sept heures quand le téléphone portable de Claire la tira brusquement de ses rêves. C'était Jos Hoffelt, le bistrotier du quartier de la gare.

– Voilà le résultat ! Maintenant, je me retrouve dans la merde avec vos enquêtes à la con.

– Qu'est-ce qui se passe, Hoffelt ?

– On a jeté un pavé dans ma vitrine, tout est cassé. Ça me coûtera une fortune pour la faire remplacer.

– Je serai là dans une demi-heure.

Lorsque Claire arriva sur place, elle trouva Hoffelt dans tous ses états. Il discutait avec les deux policiers en uniforme qui étaient en train de prendre des photos. Puis, il se mit à gesticuler en s'adressant à la grappe de badauds qui s'était formée devant son bar. L'un des policiers vint à la rencontre de l'inspectrice.

– *Deen ass vum Lemmes gebass* ! [1]

– Je vois.

– En plus, il refuse de porter plainte.

– Je comprends. C'était un avertissement, quoi.

– On dirait bien.

Quand il aperçut Claire, le patron se précipita vers elle.

– Merci Dumaxe ! Tout ça, c'est de votre faute ! En vingt-quatre ans de bistrot à la gare, on ne m'a jamais fait ça.

– J'en conclus que vous admettez que quelqu'un a mal pris notre causette d'hier ?

– J'ai pas d'assurance pour couvrir les gestes de vandalisme.

---

[1] Ce gars a pété un câble !

– À votre avis, est-ce un avertissement ?

– Allez vous faire voir, Dumaxe, je ne réponds plus à vos questions, partez !

– Du calme Hoffelt, vous serez convoqué au commissariat.

– Partez, je vous dis !

Au bureau, le commissaire principal fit venir illico Claire Dumaxe pour s'enquérir de ce qui s'était produit la nuit au bar de Hoffelt. Claire lui fit un bref rapport de ce qu'elle avait vu et entendu de la bouche du propriétaire.

– J'ai l'impression qu'il y a des personnes qui deviennent nerveuses.

– Faites attention à vous, Claire, on a affaire à un gang. Dorénavant plus d'escapades en solo, compris inspecteur ?

– Oui, chef.

– Oui chef, oui chef... Quand j'entends ça de votre bouche, je sais que vous vous moquez du vieux Welbes.

Claire se leva. Mais elle hésita à quitter la pièce. Allait-il lui interdire formellement d'enquêter seule ?

Il prit sa tasse de café, tourna une page du *Luxemburger Wort* [1] qu'il avait étalé devant lui sur sa table de travail et la regarda un petit moment par-dessus ses lunettes.

– Vous pouvez disposer.

Ouf !

Claire regagna son bureau.

Jérôme l'attendait. Il s'était assis sur la chaise de Claire et examinait le sous-main de sa collègue.

---

[1] Quotidien luxembourgeois.

– Tu peux fouiller, mon vieux, tu ne trouveras rien sur mon bureau, ni sous ni sur mon sous-main. Je ne laisse pas traîner mes documents.

– Je vois, félicitations.

– Qu'est-ce que t'as à me dire, Jérôme ?

– Un employé du commissariat d'Esch a appelé, ils ont localisé Maria Da Conceição.

– Elle est où ?

– Ils la retiennent au commissariat, tu dois t'y rendre tout de suite.

– Tu veux que je t'accompagne ?

– Surtout pas.

Claire sauta dans sa voiture de service et fonça en direction d'Esch-sur-Alzette. À la hauteur du chantier de Pontpierre, elle posa le gyrophare magnétique sur le toit de sa Golf pour dépasser la file de voitures prises dans un embouteillage. Arrivée à Esch sur le boulevard Kennedy, elle passa près de la gare où Jorge Reus était supposé s'être suicidé. Elle se gara devant le commissariat à une petite centaine de mètres de là, en face du chemin de fer.

Maria Da Conceição attendait calmement dans un parloir. Claire remarqua tout de suite les cernes sous ses yeux. Elle portait une mini-jupe très moulante et un corsage rouge sang, d'où menaçait de s'extirper d'une seconde à l'autre son opulente poitrine. Elle avait tous les arguments pour redonner vie au plus coincé des mâles du quartier de la frontière. L'agent qui avait pris ses coordonnées avait d'ailleurs connu d'étonnants problèmes de concentration. Quand elle vit arriver l'inspectrice, elle essaya de boutonner son décolleté. Sans succès, le corsage était trop juste.

– Bonjour madame Da Conceição, je suis l'inspecteur Claire Dumaxe de la police judiciaire.

Da Conceição bâilla et ouvrit grand sa bouche sans se couvrir le visage. Elle sentait l'alcool.

– Vous êtes fatiguée, madame ?

– J'ai travaillé toute la nuit. Je veux rentrer me coucher.

– J'en ai pour dix minutes seulement. Je dois vous poser quelques questions.

– Je ne vois pas pourquoi vous me retenez ici, je n'ai rien fait de mal.

– Là n'est pas le problème.

– Si c'est pour me demander quoi que ce soit, je ne sais rien.

– C'est ce qu'on va voir.

– Je vous préviens, soyez brève, si vous ne voulez pas que je me fasse taper dessus en rentrant trop tard.

– Si vous me laissiez parler, on avancerait beaucoup plus vite. Ceci étant dit, dois-je comprendre que votre mari vous bat ?

– Mon concubin... Je ne me suis plus remariée.

– Vous devriez porter plainte contre lui.

– Je souffre en silence, comme il convient à mon espèce.

Claire lui tendit sa carte de visite.

– Je serai à votre disposition quand vous voudrez, si vous désirez un jour en parler. Néanmoins, aujourd'hui, je dois m'entretenir avec vous au sujet d'autre chose.

Maria consulta sa montre et bâilla de nouveau longuement.

– Allez-y.

– C'est au sujet des soirées de poker auxquelles vous assistez tous les mercredis. Ça se passe où ?

– Dans un appartement privé.

– Chez qui ?

– Chez personne, l'appartement est inhabité. C'est à Belvaux.

– D'accord, vous nous donnerez l'adresse tout à l'heure, mais dites-moi qui participe à ces parties de cartes ?

– Vous n'avez pas le droit d'interdire ces soirées, c'est privé.

– Tant que ça se passe paisiblement, la police n'a pas le droit d'y intervenir. Dites-moi plutôt qui y participe.

– Ça dépend. Souvent des gens que je ne connais pas.

– Ne me dites pas que vous ne connaissez pas ces personnes, il doit y avoir un organisateur.

– Je ne parle jamais de mes clients.

– Maria, je suis de la police, c'est différent.

– Pourquoi me questionnez-vous sur ces soirées privées ?

– Je vous le dirai quand vous m'aurez donné des noms.

– Ça pourrait se retourner contre moi, inspecteur, et ça fait mal.

– Personne ne le saura.

Elle réfléchit longuement, puis commença à parler à mi-voix.

– Janusz, Helder, Zoran, monsieur Arben, et un jeune qui s'appelle Miguel, je crois.

– C'est qui tous ces gens ?

– Je ne connais pas les noms de famille, sauf celui de Zoran, c'est lui mon copain. Il s'appelle Zoran Dervishi.

– Helder, c'est monsieur Cavaco De Oliveira ?

– Oui.

– Mais monsieur Cavaco est mort.
– Je sais.
– Miguel comment ?
– J'sais pas, un Portugais.
– Chauffeur de camion ?
– Possible.
– Qui est Janusz ?
– Je ne sais rien sur lui, à part qu'il est toujours présent et qu'il est très silencieux.
– Polonais ?
– Non, Croate ou Serbe, je crois.

Claire lui montra la photo de Pavlikov sur son portable.
– Celui-ci, vous le connaissez ?
– Non, jamais vu.
– Et le chef, c'est Zoran ?
– Non, c'est monsieur Arben.
– Il fait quoi ?
– Il joue bien.
– Qu'est-ce que ça veut dire ?
– Il ne perd jamais.
– Et vous ?
– Moi, je ne joue pas.
– Vous faites quoi alors ?
– Je fais le service : bière, vin, slivo, cigares…
– C'est tout ?
Elle hésita un instant comme si elle cherchait ses mots.
– Je fais mon métier.
– C'est-à-dire ?
Moment de flottement.
– Monsieur Arben dit toujours en riant que je chatouille le gland du perdant.

Claire fit une grimace pour ne pas rire.

– Vous voulez dire que le perdant a droit à une...

– ...galipette avec moi ? Oui, c'est la règle. On me paie avec une partie de l'argent qu'il a perdu. Et ça paie bien.

– Drôles de coutumes. Je présume que l'ordre de grandeur des enjeux est de taille.

– Considérable.

– Je m'en doute.

Maria n'arrêtait pas de consulter sa montre.

– Madame, je dois vraiment partir maintenant.

– Encore quelques questions et je vous relâche. Y a-t-il aussi des disputes ? Je suppose qu'avec de grosses sommes, on n'est pas toujours sur la même ligne.

– Monsieur Arben ne tolère pas les disputes.

– Sauf si lui-même y est mêlé, n'est-ce pas ?

Silence.

– Helder était connu pour avoir un caractère ombrageux.

– Helder était une ordure.

– Pourquoi vous dites cela ?

– J'ai mes raisons.

Elle consulta de nouveau sa montre.

– Vous m'expliquez pourquoi Helder était une ordure, après quoi je vous laisse filer... pour le moment.

– Je peux allumer une clope.

– Non. J'écoute.

– Je sais où vous voulez en venir. Non, je n'ai rien vu ni entendu en ce qui concerne la mort de Helder.

– Pourquoi était-il une ordure ?

Elle soupira.

– Il avait perdu une somme importante. Alors il a agressé verbalement monsieur Arben.

– Monsieur Arben l'avait plumé ?

– Je vous ai dit qu'Arben est le meilleur joueur. Il gagne le plus souvent et ne perd jamais.

– Qu'est-ce qu'il a dit à monsieur Arben ?

– Il lui a dit : « T'es un gros fumier. Tu me reprends tout l'argent. Je ne marcherai plus pour toi. J'arrête. Fini. »

– Ensuite ?

– Monsieur Arben a ri. Puis il a dit: « Gagné, c'est gagné, tu joues comme un tocard. Prends Maria et détends-toi. » Helder a crié une fois de plus : « C'est fini ! ».

Maria fit une pause.

– Continuez.

– Mais pourquoi je vous raconte tout ça ? Je ne devrais pas, ça va se retourner contre moi.

– Je reprends l'expression de monsieur Arben : « La police, c'est la police ! » Alors continuez, dit Claire avec autorité.

Maria reprit.

– Monsieur Arben a grommelé : « Je n'aime pas ça du tout, Helder, du tout du tout. Je t'apprendrai les bonnes manières. »

– Ensuite ?

– Helder a crié: « C'est une menace ? Attention, la police a un intérêt particulier pour tes affaires. » Et monsieur Arben de répliquer calmement : « Des mecs comme toi, je les bouffe au petit-déj. » Puis, Helder est parti en claquant la porte.

– Ensuite ?

– Alors Arben m'a dit de le suivre et de le calmer.

– Ce que vous avez fait, je suppose.

– Oui, je l'ai rattrapé dans la rue. Il venait juste de monter dans sa bagnole. Alors je suis montée, moi aussi, du côté passager. Il n'a rien dit et a démarré. Il a conduit sa voiture dans un endroit isolé loin des maisons. Je pensais qu'il allait me prendre, comme c'était le règlement, mais au lieu de ça, il a attrapé mon sac à main, il a pris tout mon argent, il m'a jeté dehors et il est reparti comme un forcené. J'ai dû rentrer à pied.

– Vous n'avez pas trop aimé ça, je suppose ?

– Tu parles. Zoran était furieux. Il a essayé de le joindre le lendemain, mais il ne répondait pas au téléphone. Au café où il habite, on a dit qu'il était parti pour une livraison de plusieurs jours.

– Vous vous rappelez de la date ?

– C'était le mercredi d'il y a trois semaines.

« Et le lendemain, jeudi, Jorge Reus, son meilleur ami s'est retrouvé sous un train », pensa Claire.

Une question préoccupait particulièrement Claire : est-ce que la mort de Bimbo était liée à la dispute que Helder avait eue avec ce monsieur Arben la veille ? Qu'est-ce que ce dernier avait voulu dire par « apprendre les bonnes manières » ? En tous cas, la piste « soirée de poker » était à prendre au sérieux. Les collègues d'Esch avaient pu lui donner une tonne d'informations sur l'Albanais Zoran Dervishi, le mac avec qui vivait Maria Da Conceição, puisqu'il avait un dossier interminable. Mais le dénommé Janusz et le mystérieux monsieur Arben leur étaient à priori inconnus. Il fallait retrouver tout ce beau monde.

Yvon avait pris une demi-journée de congé pour faire du vélo. « Pour aérer mon esprit », aimait-il dire. Il était parti se balader sur les pistes cyclables entre Diekirch et

Echternach et de la région du Mullerthal[1]. Pour regagner Diekirch, après plus de trois heures de selle, il avait décidé de passer par Heffingen, Larochette, Medernach, Stegen, avant d'emprunter la descente vers Diekirch où il avait laissé sa voiture. Arrivé à Larochette, il ne put s'empêcher de s'arrêter pour aller boire une petite bière sur la terrasse de « L'Alentejo », le bar où avaient habité Helder et Bimbo.

Ayant garé son vélo tout près de la terrasse et à portée de vue, il s'installa à une table à l'ombre du parasol bleu affichant le nom de la marque de bière de la région. Une serveuse d'une vingtaine d'années lui servit son demi avec un large sourire auquel son client répondit par une question :

– Est-ce que Miguel est dans les parages ?

– Miguel ? Malheureusement pas, il vient de repartir avec la fourgonnette. Vous le connaissez ?

– Oui, nous jouons aux cartes ensemble de temps en temps. La fourgonnette de votre brasserie ?

– Nous ne possédons pas de véhicule de service, mon oncle fait les courses et les livraisons avec sa voiture privée.

– Ah, je vois, il est parti avec la fourgonnette de monsieur Gomes.

– Exactement. Vous voulez que je lui laisse un mot ?

– Pas la peine, mademoiselle, je vais lui donner un coup de fil ce soir.

Une demi-heure plus tard, peu avant Medernach sur les bords de la rivière, Yvon passait sur la piste cyclable près d'un ancien moulin, quand il vit une fourgonnette avec l'inscription « Transports Gomes » garée dans la cour à

---

[1] « Petite Suisse » luxembourgeoise, région touristique.

côté d'un entrepôt abandonné. Il s'arrêta et s'abrita derrière un grand saule. Il n'eut pas à attendre longtemps, un jeune homme sortit bientôt du bâtiment. Yvon avait bien anticipé en préparant son portable, et quand le jeune homme tourna le visage vers la rivière, il prit plusieurs photos avant que celui-ci ne monte dans la voiture et ne parte en direction de Larochette.

Le soir, à la maison, Yvon montra les clichés à sa sœur. Elle reconnut Miguel Da Fonseca tout de suite.

– Ne perds pas ton temps avec des faits secondaires, Yvon. Laisse-moi me concentrer sur la piste de Dimitri Pavlikov et du cercle de poker, je crois que c'est la bonne.

Yvon acquiesça à moitié. Ne devrait-il pas inspecter cet entrepôt ?

V.

Les recherches pour retrouver les différents suspects battaient leur plein. Tous les policiers du pays étaient à leurs trousses, mais tous ces individus avaient comme disparu de la surface de la terre. Le troisième soir, Maria Da Conceição réapparut sur les trottoirs du quartier de la frontière à Esch. Claire s'y rendit dès que les collègues de la brigade locale l'eurent informée de la présence de la prostituée. Elle tomba nez à nez avec Maria non loin du passage à niveau. Une couche phénoménale de crème, de make-up, de poudre et de mascara ne parvenait pas à dissimuler son visage tuméfié.

Claire s'approcha d'elle.

– Bonsoir Maria, contente de vous rencontrer.

– Encore vous. Foutez-moi la paix. J'en ai suffisamment encaissé à cause de vous.

– Zoran ?

– Aucune importance.

– Dites-moi : qui vous a arrangé de la sorte ?

– Moins je vous en dis, mieux je me porte. Par votre faute, je n'ai pas pu travailler pendant trois jours.

– Par ma faute ? Ce n'est pas ma faute si vous fréquentez des cercles violents. Vous devriez porter plainte et vous éloigner de ces gens.

– Pourquoi vous immiscez-vous dans ma vie ?

– Auriez-vous oublié que je suis en train d'élucider un meurtre.

– Et vous pensez que mes amis y sont pour quelque chose ?

– Ce ne sont pas vos amis, ce sont vos bourreaux. Alors, dites-moi qui vous a fait ça et pourquoi.

Maria inspira un grand coup et dit.

– Zoran et un grand que je n'avais jamais vu auparavant. Ils m'ont surprise alors que j'étais à la maison en train de faire la cuisine. Ils ont dit que ça ne se fait pas de dénoncer quelqu'un à la police. Puis ils ont commencé à me donner des coups. Le grand a failli m'étouffer en couvrant ma bouche et Zoran a tapé comme un dingue. J'ai des bleus partout. Quand enfin ils m'ont lâchée, je leur ai crié que je n'avais dénoncé personne, mais au lieu de m'écouter, ils se sont servi une canette de bière dans le frigo et sont partis.

– Ils se trouvent où en ce moment ?

– Je n'en sais rien. Zoran n'est pas rentré depuis ce jour et il n'y a pas eu de poker non plus hier soir. L'appartement était fermé quand j'y suis allée.

Avec beaucoup d'efforts de persuasion, Claire réussit à la convaincre de la suivre pour aller consulter un médecin à la maison médicale. Pendant que le docteur s'occupait d'elle, l'inspectrice appela la maison pour femmes en détresse et lui assura une chambre pour les prochains jours. Elle lui signifia aussi de rester dans ce foyer le temps de l'enquête et de l'appeler dès que quelqu'un de la bande se manifesterait.

– Quelle mouche t'a piquée aujourd'hui, Claire ? lui dit l'entraîneur le soir même à la salle de boxe.

– Personne ne m'a piquée.

– Mais si, tu tapes le sac comme une forcenée. Tu vas finir par te blesser aux poignets.

Plus tard, à la maison, elle raconta tout à son frère, y compris la remarque de l'entraîneur. Yvon était étonné d'entendre que sa sœur avait perdu de son habituelle retenue.

– Et pourquoi tout ça ?

Claire se mit à rire.

– Ça m'a fait du bien. Je m'imaginais ce Zoran Dervishi à la place du sac et je lui ai rendu tous les coups qu'il avait infligés à cette pauvre Maria.

– Qu'en dit ton partenaire d'entraînement ?

– Aleksandar ? Il n'est pas venu à la salle.

– Ah, d'accord.

– J'ai donné tout ce que j'avais dans les tripes.

– T'es soulagée au moins maintenant ?

– Ouais. Et je te dis, je vais tous les coincer.

– J'ai peur pour toi, tu sais. Sois prudente !

Le lendemain le commissaire principal Welbes fit venir Claire dans son bureau. Il n'était pas seul, le procureur avait pris place sur l'une des chaises en face de lui. Welbes commença.

– Inspecteur, nous constatons que votre enquête piétine, alors nous avons pensé vous proposer une initiative.

– Une initiative ? s'étonna Claire.

Le procureur prit la relève.

– Nous pensons qu'il est temps de passer un nouvel avis de recherche dans la presse pour retrouver Dimitri Pavlikov.

– Pour quel motif ? Le fait de l'avoir aperçu sur la vidéo de surveillance de la gare d'Esch ne suffit pas.

– Bien sûr que si. Il y a suffisamment de motifs, dit le commissaire principal. Primo, il est recherché par Interpol pour son évasion de la prison de Liège, et deuxio, il y a la casse du distributeur de Weiswampach, et que sais-je encore, répondit Welbes.

Et le procureur de continuer.

– Toutefois, nous irons plus loin et nous mentionnerons nos soupçons quant à son implication dans deux meurtres commis récemment au Luxembourg.

– Ne devrait-on pas savoir ce qui se cache derrière toute cette histoire ? Quel avantage pensez-vous tirer d'une telle annonce ?

– On va les remuer un peu. Ils s'énerveront et se découvriront.

– Ça pourrait aussi avoir l'effet inverse !

– Je ne le crois pas.

– C'est vous le chef, commissaire. Mais sachez que je n'en suis pas convaincue.

– La décision est prise, mademoiselle Dumaxe !

Le jour même, la presse entière publia la photo de Dimitri Pavlikov, soupçonné d'être impliqué dans un, voire deux meurtres ces dernières semaines au Luxembourg. Dès la publication de l'avis de recherche, les informations provenant de soi-disant témoins affluèrent au commissariat. Untel avait vu Pavlikov monter dans l'avion pour Vienne, un autre l'avait vu dans la salle d'attente de son dentiste, un troisième l'avait aperçu en train de jouer aux quilles dans un troquet à Wiltz, ainsi de suite. Mais rapidement, les agents se rendirent compte que leurs interlocuteurs, en réalité, n'avaient rien vu de concret. La seule information précise était celle d'une vendeuse de pain au supermarché de la rue de Strasbourg, dans le quartier de la gare à Luxembourg, qui disait avoir vu Pavlikov acheter des petits pains le matin même. Apparemment, il aurait été accompagné d'un deuxième homme à peu près du même âge. Les deux hommes se seraient parlé en serbo-croate. Elle avait reconnu la langue parce qu'elle était elle-même d'origine serbe.

On commença à visionner les enregistrements des caméras de surveillance du quartier, et bingo, on vit effectivement Pavlikov se balader dans la rue avec un sac à dos dans lequel il semblait transporter ses courses. Les caméras, que la police avait fait braquer discrètement sur l'entrée du Cinderella de Jos Hoffelt, montraient le truand passant la porte du bistrot à l'heure indiquée par la vendeuse. Cependant, il n'était visiblement pas accompagné. Claire se promit de rendre encore une fois visite à son « copain » Hoffelt.

Il était l'heure du déjeuner, quand l'inspectrice poussa la porte du bar. Hoffelt était occupé à servir des clients. Dès qu'il l'aperçut, il roula des yeux comme pour dire « Mais qu'est-ce que j'ai fait au Bon Dieu pour te revoir ici. » La vitrine avait été rapiécée de l'intérieur avec de grands morceaux de ruban adhésif noir. À l'extérieur, on avait collé une planche en bois contre la vitrine à l'endroit où les fissures dans le verre se rejoignaient en forme de toile d'araignée.

Claire s'installa à la petite table pour deux à côté du zinc. De loin, elle contempla la vieille affiche qu'on avait collée sur la porte menant aux toilettes, une affiche d'une soirée de boxe vieille de plusieurs mois, avec en photo les têtes de trois athlètes, dont celle de Claire Dumaxe. Sous son nom il était écrit « championne du Luxembourg ». Hoffelt s'approcha et balança sur la table la carte avec le menu du jour.

– J'espère que c'est pour manger que vous venez me rendre visite, madame le commissaire.

– Inspecteur.

– Inspecteur, si vous voulez. Je vous le dis tout de suite, on ne sert pas de « poulet » ici.

– Oh, dommage, c'est justement ce dont j'ai envie.

– Aujourd'hui, c'est du « bœuf-carottes » et frites, ironisa-t-il. Onze euros cinquante, ça vous va ?

– Sinon, quoi d'autre ?

– Bouchée à la reine, salade, frites.

– Du poulet, donc ?

– La bouchée se prépare avec de la chair de poule.

– Va pour la chair de poule alors. Et une eau pétillante, s'il vous plaît.

Hoffelt s'éloigna en secouant la tête.

En réalité, Hoffelt n'était pas un mauvais bougre, un peu rustre certes, mais il ne semblait pas tremper dans les affaires louches. En tous cas, il n'avait pas de dossier chez les flics. Il menait son entreprise avec fermeté et n'appelait que rarement les forces de l'ordre pour séparer des bagarreurs. Il ne supportait ni commerce de drogue ni racolage dans sa maison. D'une certaine manière, il estimait Claire. Probablement parce qu'elle était l'une des rares femmes qui entraient chez lui non accompagnées. Elle venait pour manger le menu du jour ou pour boire un café avant d'aller à l'entraînement. Entre Hoffelt et Claire, il existait une sorte de relation de « je-t'aime-moinon-plus », voire même de complicité bienveillante. Était-ce parce qu'elle était flic, parce qu'elle était championne de boxe, ou tout simplement parce qu'elle avait du cran, que Hoffelt avait un semblant de confiance en elle ? Quoi qu'il en soit, il s'était parfois surpris lui-même en train de lui servir d'indic.

Claire mangea lentement son vol-au-vent, ainsi qu'on appelle la bouchée à la reine chez les Belges. Des gens prétendaient que la bouchée de poule[1] était un plat typiquement luxembourgeois qu'on servait autrefois à la campagne pour les festins traditionnels, tels que les repas de kermesse. Généralement, elle était précédée d'un consommé. Très souvent, après la *Paschtéit* et ses garnitures, à l'heure où les enfants et les freluquets en avaient déjà pour leur compte, on servait le rôti de veau, avec croquettes de pommes de terre et haricots verts, suivi de quelques belles tranches de jambon fumé agrémentées de laitue, avant de passer au dessert, la bombe glacée, elle-même précédant le gâteau à la crème[2] et le café-quetsch.

Claire aimait se remémorer les moments en famille chez ses grands-parents à la ferme, quand son père et ses oncles, les joues rougies par les innombrables verres de vin qu'ils venaient d'ingurgiter, allumaient les cigares que le grand-père avait spécialement achetés pour l'occasion chez un marchand de tabac d'Arlon. C'est alors qu'il fallait tendre l'oreille pour surtout ne pas rater un mot des conversations des grands.

---

[1] Appelée « Héngerpaschtéit » en luxembourgeois.

[2] Lors des mariages, on servait une pièce montée (« Baamkuch »).

– Est-ce que madame le commissaire a bien mangé ? interrogea Hoffelt en interrompant brusquement son retour en enfance.

– Inspecteur.

– Inspecteur.

– Oui, monsieur le barman, c'était délicieux comme toujours. Vous vous êtes surpassé.

– Merci, madame Dumaxe, mais je n'ai fait que réchauffer le plat que me livre La Provençale[1].

– Vous êtes trop modeste, Hoffelt.

Puis le patron continua sans transition.

– Oui, l'homme que vous cherchez était ici ce matin. J'ai tout de suite compris pourquoi vous étiez venue manger chez moi ce midi.

– Je suis au courant. Je n'ai qu'une demande : prévenez-moi la prochaine fois qu'il se pointe.

– Pourquoi le ferais-je ? Parce qu'on va me livrer la nouvelle vitrine demain ? Détrompez-vous, madame Claire, je n'entends pas de cette oreille.

– Donc, vous préférez laisser cavaler librement un dangereux truand uniquement parce que vous craignez pour votre jolie vitrine ? Je ne vous savais pas si égoïste, et trouillard par-dessus le marché.

– C'est non, Claire.

Sur ce, l'inspectrice paya son addition et sortit pour rejoindre le commissariat en autobus. Hoffelt allait la prévenir, elle en était persuadée.

[1] Grossiste en alimentation générale au Luxembourg.

Le lendemain les collègues étaient impatients de lui apprendre la dernière nouvelle : au matin, Zoran Dervishi avait été arrêté à Lyon. Un braquage d'une bijouterie qui avait mal tourné. Il avait grièvement blessé le bijoutier qui avait osé déclencher l'alarme. Sa cavale avec son maigre butin avait été de courte durée, puisque des policiers en patrouille dans la même rue n'avaient eu qu'à l'intercepter à la sortie du magasin. Il était armé d'un Glock neuf millimètres qu'il n'avait pas hésité à dégainer en les apercevant. Toutefois, les gardiens de la paix avaient été plus rapides et l'avaient désarmé sans faire usage de leurs armes. Maria Da Conceição allait pouvoir souffler.

Claire envoya aussitôt un message aux collègues pour solliciter un interrogatoire du suspect, pour lequel elle passerait personnellement à Lyon. Cependant, elle était consciente qu'elle devrait probablement attendre des semaines avant d'avoir ce rendez-vous, étant donné que, pour le juge d'instruction à Lyon, l'affaire de la bijouterie avait la priorité. En attendant, ils enverraient les résultats balistiques de l'arme de Dervishi.

Peu après, son frère l'appela sur son portable privé.

– Yvon, je suis au boulot...

– ...moi aussi.

– Alors faisons chacun notre travail.

– Écoute, sœurette, j'ai une information qui devrait t'intéresser. Monsieur Arben s'appelle Arben Sula, et il est d'origine albanaise. Jusqu'à l'année dernière, il possédait une petite entreprise de déménagement à Athus, en Belgique. Il a fini par mettre la clef sous la porte .

– Est-ce que t'es sûr qu'il s'agit de la même personne ?

– Je pense bien, enfin, il y a de fortes chances. Les documents concernant sa société : « Chiers Déménagements » se trouvent dans ta boîte mail privée.

– On va voir cela de plus près, merci frérot.

Claire consulta ses courriels privés et téléchargea les informations d'Yvon, puis elle demanda à son collègue Jérôme d'étudier ce dossier en détail. Jérôme avait à peine ouvert les documents sur son ordinateur qu'ils furent appelés dans la vallée de la Pétrusse. Une joggeuse venait de découvrir un corps sans vie. La patrouille arrivée la première sur place n'avait pas tardé à identifier le mort : Dimitri Pavlikov.

Le corps gisait dans la petite fontaine en contrebas de la chapelle Saint-Quirin, l'une des plus anciennes églises de la capitale. En effet, bien avant la christianisation du site dans la vallée de la Pétrusse, il y existait déjà un culte païen. La chapelle de style gothique avait été érigée au quatorzième siècle. Sa source était réputée pour ses bienfaits thérapeutiques en tous genres.

Les lieux avaient été bouclés dans un périmètre très large. L'équipe de la police scientifique était déjà à pied d'œuvre quand Claire dévala les marches menant du sanctuaire des Trois-Vierges, dans la rue de la Pétrusse, à la chapelle Saint-Quirin. Le médecin légiste avait pu constater une mort violente. La partie arrière du crâne était complètement défoncée. Le coup avait probablement été porté par un objet dur, peut-être une barre de fer ou une batte de base-ball. L'autopsie allait livrer de plus amples explications.

– Pouvez-vous me dire si le meurtre a été commis ici même ? demanda Claire.

– Je ne le pense pas, répondit le légiste. Il n'y a pas de traces de sang ni de combat. À mon avis, le corps a été déposé ici, probablement la nuit dernière, car selon mes premières analyses, tout porte à croire que le crime a été commis il y a 24 heures.

Claire avait à peine quitté la vallée quand Yvon appela.

– Ici, au journal, on raconte qu'on a trouvé un corps dans la vallée de la Pétrusse.

– Vos journalistes sont bien informés, je viens juste de quitter les lieux.

– Raconte-moi.

– Yvon, tu sais bien que…

– Tu sais très bien que je n'ai jamais pipé mot à qui que ce soit au sujet de tes enquêtes, même pas à la plus sexy de nos journalistes.

Elle lui raconta donc en quelques mots qu'on avait trouvé la dépouille de Pavlikov.

– Il était devenu gênant aux yeux de la bande.

– Tu le dis, frérot, et le communiqué de Welbes lui a littéralement cassé la nuque. Et voilà un témoin de moins, un témoin qui était à notre portée. Je ne vais pas tarder à féliciter le commissaire principal et son copain le procureur pour leur merveilleuse idée.

– Il ne faut pas que tu te mettes en mauvaise posture auprès d'eux. Tu sais bien qu'ils n'approuvent pas toujours ta façon d'enquêter, alors laisse tomber, chérie.

– T'as sans doute raison.

– Sais-tu que l'endroit où l'on a déposé le macchabée est hautement symbolique ?

– Symbolique ?

– L'eau de la source était autrefois considérée entre autres comme un remède contre les maladies des yeux. Peut-être a-t-on trouvé que Pavlikov en avait trop vu.

– Ces truands n'ont rien à foutre de ces histoires-là, Yvon, pour moi, la raison est toute simple. La vallée de la Pétrusse se trouve près du centre-ville et la rue menant au terrain de mini-golf passe à quelques dizaines de mètres en contrebas de la chapelle : un endroit idéal pour se débarrasser d'un corps dans l'obscurité. Si le crime a été commis dans le quartier de la gare, où Pavlikov a été vu pour la dernière fois, il a fallu à peine un quart d'heure au meurtrier pour transporter le corps jusqu'ici.

Au commissariat, les nouvelles se bousculaient. Jérôme avait terminé ses recherches en collaboration avec la police belge quant au dénommé Arben. On avait présenté une photo d'Arben Sula à Maria Da Conceição qui l'avait identifié sans hésiter comme étant le monsieur Arben du cercle des joueurs de poker. Il avait fermé son entreprise un an auparavant. Depuis, un coiffeur luxembourgeois l'avait engagé. Il s'appelait Jean Schomé. Il lui louait également une maison à Messancy, non loin d'Athus. Le casier de Sula comprenait une condamnation pour port d'arme prohibée. La police belge, lors d'un contrôle routier, avait trouvé dans son coffre une arme de poing, un révolver Arcus 95R de calibre neuf millimètres. Il avait expliqué à l'époque qu'il détenait cette arme pour sa propre défense. Il l'aurait achetée à un inconnu dans un bar à Sofia. Le paradoxe avait été qu'il transportait cette arme, enroulée dans un chiffon, dans son coffre et non dans la boîte à gants, ce qui aurait été plus logique. Il s'en était finalement tiré avec une amende et une peine de prison d'un an avec sursis.

Les collègues s'étaient également informés sur Jean Schomé. Celui-ci détenait deux salons de coiffure, un à Messancy, en Belgique, un autre au Grand-Duché, à Differdange. Sa partenaire, Tanja Kerbett, avec qui il était pacsé, de nationalité croate, était coiffeuse aussi. Elle dirigeait le salon de Differdange, tandis que Jean Schomé dirigeait celui de Messancy. Officiellement, tous les deux habitaient l'appartement au-dessus du salon de Differdange, mais en fait, ils vivaient dans leur maison de Messancy, non loin du salon de coiffure, une habitation supposée louée à Arben Sula. Celui-ci semblait avoir posé en douce ses valises dans l'appartement de Differdange, puisque la voiture qu'il utilisait toujours, une Mercedes de classe S, y avait son parking réservé. En fait, l'entreprise de coiffure détenait trois voitures, une Mini, que conduisait Tanja Kerbett, une Porsche 911, utilisée par Jean Schomé, et ladite Mercedes dont Maria Da Conceição prétendait qu'elle appartenait à Arben Sula.

Jean Schomé parlait couramment le serbo-croate. Il avait travaillé pendant une dizaine d'années comme coiffeur dans un grand hôtel en Croatie, plus précisément à Pula, sur la côte Adriatique. C'était de là-bas qu'il avait amené sa femme Tanja. Les agents avaient également montré une photo de lui à Maria Da Conceição qui l'avait identifié comme étant le dénommé Janusz, membre du cercle de poker. En revanche, elle n'avait jamais vu Tanja Kerbett ni entendu parler d'elle.

« En voilà des informations intéressantes, pensa Claire. Si on arrive à faire le rapprochement entre Pavlikov et ce clan, on ferait un grand pas dans la bonne direction. » Pour sûr, ils avaient affaire à un gang mafieux, mais quel était l'objet de leur organisation ? La drogue ? Le trafic d'êtres humains ? Le proxénétisme ? Les armes ? Les casses ? L'extorsion et le racket ? Ou bien un peu de tout cela ? Il devait y avoir une raison sérieuse pour qu'on élimine tous les témoins gênants.

Claire ne tarda pas à s'inviter dans le bureau du commissaire principal Welbes.

– À présent, nous avons un cadavre de plus sur les bras, monsieur le commissaire.

– C'est vrai, mais au moins, on n'aura plus besoin de le capturer.

– Si vous le voyez de cette façon. Moi, je dirais que nous avons perdu un témoin potentiel important, répliqua Claire sèchement.

– Inspecteur, avec ou sans ce témoin, nous allons tôt ou tard pouvoir arrêter cette bande. Je compte sur vous. Je suis curieux de savoir ce que le rapport du légiste va nous raconter au sujet de la mort de Pavlikov.

– Ce rapport ne nous apprendra rien du tout. Ce sont des pros, ils ne laissent pas de traces. Essayons d'abord de connaître les tenants et aboutissants de ces meurtres. Qu'en disent nos services de renseignement ?

– Justement, je viens d'avoir une réunion avec les collègues du SREL[1]. Selon les services de renseignement français, il existerait une importante filière de trafic d'armes en provenance des Balkans. Apparemment, de

[1] Service de Renseignement de l'État du Luxembourg.

toutes les armes utilisées lors de braquages en France et en Belgique ces douze derniers mois, plus de soixante pour cent étaient des armes de nouvelle génération d'origine bulgare. Ils n'excluent pas qu'une partie du trafic se fasse via le Luxembourg. S'il s'avère que notre bande est mêlée à ce commerce, je crains que nos moyens ne soient trop limités.

« Moyens limités, pensa Claire. Une façon comme une autre de dire qu'il est proche de la retraite et qu'on ne doit plus compter sur lui pour s'investir. »

– Et pourquoi en déduisez-vous que nos meurtriers pourraient avoir un lien avec le réseau de cette contrebande ?

– Je n'en déduis rien pour l'instant, Claire, à vous d'enquêter sur les crimes et de trouver les réponses.

Au programme d'entraînement du soir de la championne de boxe se trouvait un footing de quatre-vingt-dix minutes, suivi d'une séance de sauna. Yvon était déjà en tenue de sport quand sa sœur arriva à la maison.

– Comment ? Tu vas faire du sport toi aussi, frangin ?

– Aujourd'hui, je t'accompagne.

– T'as intérêt à ne pas être trop lent, j'ai un championnat dans quelques semaines, je ne fais pas de sport de troisième âge, dit Claire en rigolant.

– J'ai la forme, je le sens.

– Et moi, je sens que tu m'accompagnes uniquement parce que tu souhaites apprendre des choses qui ne te concernent pas. Allume plutôt le sauna, je veux qu'il soit à température quand nous reviendrons.

En deux temps trois mouvements, la boxeuse fut fin prête pour la course à pied. Leur itinéraire habituel les menait sur les chemins dans les bois et les champs de la région. À peine engagés sur le chemin rural derrière leur maison, Yvon commença.

– Alors, quoi de neuf ? En as-tu appris davantage sur nos spécialistes de la coiffure ?

Claire lui relata ce que son collègue Jérôme avait recherché au sujet du dénommé Arben Sula et de son bailleur, Jean Schomé.

– J'ai recherché aussi, figure-toi, ma sœurette, dit-il quand Claire eut fini son petit rapport.

– Sans blague.

Le chemin était en pente ascendante, et Claire accéléra délibérément le rythme pour faire taire son frère. Toutefois, bien qu'à bout de souffle, Yvon continua.

– J'ai fait des recherches sur l'entreprise de transport d'Arben Sula. Les résultats étaient plutôt modestes, mais l'entreprise n'était pas en difficulté. C'est lui-même qui a arrêté l'activité.

– Sans intérêt.

– Crois-tu ? Moi, je pense que c'est même très intéressant. Et tu sais pourquoi ? Parce que l'arrêt de Chiers Déménagements coïncide avec l'entrée en service de Helder chez Transports Gomes.

– Et alors ?

– Arben avait trouvé un autre transporteur, il n'avait plus besoin de courir le risque de se brûler les doigts. Quelqu'un avait pris la relève.

– Il y a trop de conjectures dans ton raisonnement, Yvon. Il me faut des faits.

– Je trouverai les preuves.

– Reste en-dehors de ça, tu comprends. Tu fais ton job, et moi, je fais le mien.

– Qu'est-ce que tu comptes faire alors ?

– On va essayer de mettre la main sur Arben pour l'interroger. Mais pour cela il va falloir le retrouver. Sans doute me faudra-t-il aussi revoir Jesus Gomes et Miguel Da Fonseca.

– Vous allez où comme ça si tôt le matin, inspecteur ? demanda Welbes en croisant Claire dans le parking souterrain du commissariat.

– Chez le coiffeur, commissaire.

– Vous devenez de plus en plus insolente, Dumaxe.

– C'est vrai, commissaire, je vais effectivement chez le coiffeur.

– Je fais cela le samedi quand je ne suis pas de service.

Claire finit par rire et regarda son supérieur d'un air espiègle.

– Chef, je vais interroger Jean Schomé et sa compagne. Les collègues de Differdange m'ont confirmé que le salon est ouvert. Peut-être saura-t-on après où trouver Arben Sula.

– Prenez Jérôme avec vous.

– La prochaine fois, répondit-elle, et elle ferma la porte de sa voiture de service.

Sur la route, elle repensa à la scène qu'elle venait de vivre et ne put s'empêcher de rire en revoyant la tronche de constipé de Welbes quand il avait appris qu'elle allait chez le coiffeur. Elle avait un peu honte de s'être moquée du vieux policier et promit de lui témoigner à l'avenir un peu plus de respect. Il le méritait, c'était un bon chef.

Arrivée à Differdange, elle gara sa voiture devant le salon entre la Mini et la Porsche. Schomé était là. À l'intérieur, l'atmosphère était celle qu'on rencontrait dans tous les salons de coiffure du monde. Les effluves de parfums mélangés aux senteurs des produits de teinture pour cheveux emplirent ses narines. Une dame blonde d'un certain âge, mais bien conservée, vint à sa rencontre.

– Bonjour madame, en quoi puis-je vous être utile ? demanda-t-elle en roulant les r.

Claire présenta sa carte.

– Inspecteur Claire Dumaxe, police judiciaire. Je désire parler à monsieur Jean Schomé.

– Désolé, inspecteur, il n'est pas là.

– J'ai pourtant aperçu sa voiture dehors.

La dame réfléchit un court moment.

– C'est-à-dire, il n'est pas au salon, il est en haut dans l'appartement. Mais je vous le dis tout de suite, il s'apprête à partir pour Messancy, notre apprenti est seul là-bas, l'autre coiffeur s'est mis en congé de maladie tout à l'heure.

Claire ignora la dernière remarque.

– Pourriez-vous le prévenir que je vais monter ?

– Oh non, je préfère que vous vous entreteniez ici dans l'arrière-boutique, l'appartement n'est pas rangé.

Elle prit le téléphone et dit quelques mots, probablement en croate, que Claire ne comprit pas. Trente secondes plus tard, Jean Schomé se présenta dans le salon.

– Désolé de vous recevoir ici, notre appartement est dans un tel désordre. Nous étions trop pressés ce matin.

Claire décida d'attaquer d'entrée de jeu.

– Monsieur Schomé, ne me faites pas croire que vous habitez ici. Nous ne sommes pas sans savoir que vous vivez dans votre maison de Messancy.

Schomé essaya de cacher un rictus moqueur.

– On ne fait ni plus ni moins que beaucoup d'autres Luxembourgeois, on reste inscrits au Luxembourg, mais on habite là où l'habitat est encore abordable.

– Et vous louez l'appartement ici à monsieur Sula au noir, c'est bien cela ?

– Non, non, nous avons un contrat de bail avec monsieur Sula... hum, pour la maison de Messancy.

– Et sa voiture est inscrite au nom du salon de coiffure au Luxembourg.

– C'est sa voiture de service.

– Une Mercedes de classe S. Il doit occuper un poste vachement important dans votre société !

Schomé ne répondit pas.

– Est-ce que monsieur Arben Sula est là-haut ? J'aimerais lui parler.

– Non, il est parti en vacances. Il a pris quelques jours de congé. Mais ne me demandez pas où il se trouve ou ce qu'il fait, je ne sais rien de sa vie privée.

– Pourtant, c'est votre pote.

– Pote ? Noooon, aucunement ! Il a simplement un contrat de travail avec notre société luxembourgeoise et un contrat de bail pour son logement. Pour le reste, je n'en sais fichtrement rien.

– J'ai peine à vous croire, monsieur Schomé, mais admettons. Pouvez-vous me dire quel est son travail dans votre société ?

– Euh, pour être franc, il est inscrit comme commis chez nous, mais il n'a pas vraiment de charge...

– ...mais une grosse Mercedes. Comment vous expliquez cela ?

– Le contrat de travail est uniquement pour rester inscrit à la sécu et à la caisse de pension.

– Un emploi fictif en quelque sorte. Soit, mais vous devriez tout de même savoir comment il gagne sa vie.

– Non, comme je vous l'ai déjà dit, cela ne m'intéresse pas tant qu'il paie ses loyers.

– Il joue au poker ?

– Aucune idée.

– Là, vous commencez à m'agacer, Janusz. On vous a clairement identifié comme membre du cercle des joueurs de poker du mercredi soir.

Schomé se raidit. Le nom de Janusz l'avait secoué. Il ne répondit pas.

– C'est bien comme ça qu'on vous appelle dans les Balkans, n'est-ce pas ?

– Je n'y vois pas de mal.

– N'empêche que vous avez essayé de mentir au sujet du poker. Il me semble que là, vous ne savez plus quoi dire, monsieur Schomé, c'est embêtant tout ça.

– Pourquoi embêtant ? N'a-t-on plus le droit de se voir en privé pour jouer aux cartes.

– Vous ignorez que je pourrais vous inculper pour proxénétisme. Vous y engagez une dame pour se prostituer.

– Vous parlez de madame Da Conceição ? Vous faites erreur. Je n'appelle pas ça du proxénétisme. À la rigueur, on peut dire que nous sommes des clients de cette dame. Nous la payons bien pour ses services.

– Et son mac fait partie de votre cercle.

– Il faut vous adresser à lui alors. Pour ce qui me concerne moi, j'aime jouer aux cartes, et je mets l'appartement de ma défunte mère à notre disposition pour nous réunir autour d'une table de jeu.

– Merci pour l'info, monsieur Schomé, j'ignorais que l'appartement vous appartenait. Vous allez m'en donner l'adresse exacte.

Schomé s'exécuta.

– Et maintenant, expliquez-moi ce qu'il y a eu entre monsieur Helder Cavaco De Oliveira et monsieur Arben Sula.

– Je vois que vous êtes bien informée, inspecteur.

– Je vous écoute.

– Il y a eu une petite dispute anodine, c'est tout. Helder se plaignait parce qu'il avait perdu au jeu et il est parti en claquant la porte.

– Et Arben Sula ?

– Il était déçu du comportement de Helder, mais une fois Helder parti, il n'en a plus parlé, et on a bu une dernière bière en pensant à autre chose.

– J'ai appris qu'Arben l'aurait menacé.

– Je n'ai pas entendu de menaces.

Claire changea de sujet.

– D'accord, on aura l'occasion de reparler de cet épisode. Revenons encore une fois sur la situation de tout à l'heure. Qu'est-ce que vous faisiez dans l'appartement de monsieur Sula quand je suis arrivée ?

– Je m'y étais retiré pour téléphoner.

Sur ce, Claire demanda à jeter un coup d'œil dans l'appartement.

– Je ne peux pas vous laisser entrer dans l'appartement de monsieur Sula.

– Monsieur Schomé, vous oubliez qu'officiellement, c'est vous l'habitant de ce logement, alors, allons-y.

– Vous n'avez pas de mandat de perquisition.

– Il ne s'agit pas de perquisition, mais d'un simple coup d'œil.

Schomé se leva et monta à l'étage avec Claire. Il s'agissait d'un T2 pas très spacieux.

Elle voulait s'assurer qu'il n'y avait personne. Contrairement à ce qu'avait affirmé le propriétaire, l'appartement était propre et bien rangé, à l'exception du bureau dont les tiroirs étaient grand ouverts, comme si quelqu'un était en train de les fouiller. En partant, l'inspectrice signifia à Jean Schomé et à Tanja Kerbett de se tenir à la disposition de la police.

En route, elle appela Welbes pour solliciter un mandat de perquisition. Elle était persuadée que la police scientifique y trouverait des informations intéressantes. Welbes refusa néanmoins sous prétexte qu'il n'y avait pas suffisamment d'éléments qui permettaient au procureur d'ordonner un tel acte. En revanche, il accepta d'envoyer la police locale au logement de Belvaux où avaient lieu les parties de poker.

« Que Schomé cherchait-il dans l'appartement tout à l'heure ? » se demanda-t-elle. À moins qu'il n'ait tenté au contraire d'y dissimuler quelque chose ? Tôt ou tard, elle le saurait. Dommage qu'il soit encore trop tôt pour y déléguer la scientifique.

Les résultats des analyses sur le corps de Pavlikov se trouvaient sur le bureau de Claire. Elle y jeta un rapide coup d'œil. La mort avait été causée par le coup reçu à l'arrière du crâne. La calotte s'était fracturée jusqu'à atteindre le cerveau. La victime avait immédiatement perdu connaissance. L'arme du crime avait probablement été une barre de fer ou quelque chose de similaire. Sur le corps, on avait trouvé des traces d'ADN d'une autre personne que la banque de données avait identifiée comme étant Anaïs Dupuis, la compagne de Jorge Reus.

Claire se rua sur son téléphone et appela Anaïs. Une voix frileuse répondit.

– Allô.

– Anaïs Dupuis ?

– Oui.

– Claire Dumaxe de la police judiciaire. Vous êtes où ?

– En voiture.

– Je veux vous voir au commissariat, et tout de suite.

– Justement, je suis en route pour vous rencontrer.

– Venez par le chemin le plus rapide. Entrez dans le parking au sous-sol, je préviens le gardien que vous arrivez. Je descends vous accueillir.

Quelques instants plus tard, Anaïs se trouvait assise en face de l'inspectrice dans le parloir de la police judiciaire. Avec sa permission, Claire enregistra l'entretien. Claire la fixa longuement avant de commencer.

– Pourquoi vouliez-vous me voir, madame Dupuis ?

– J'ai peur, répondit-elle d'une voix à peine audible.

– J'imagine. D'ailleurs, c'est pour cette raison que je vous ai téléphoné. J'ai eu peur pour vous, moi aussi. Racontez-moi ce qui vous angoisse.

Anaïs attrapa d'une main tremblante le verre d'eau qu'un agent lui avait apporté et en but une gorgée avant de commencer.

– Il y a trois jours, un homme est venu au Zanzibar et m'a offert un piccolo. Je l'ai pris pour un client quelconque. Il a raconté qu'il était de passage au Luxembourg et qu'il venait de rendre visite à un vieil ami. Mais soudain, il a retenu mon poignet et a serré très fort. Regardez, j'ai un bleu.

Elle montra sur son bras un hématome grand comme une pièce de deux euros.

– Il m'a soufflé à l'oreille : « Tu vas oublier ton copain Bimbo, tu n'en parleras plus à personne, surtout pas à la police, sinon je reviendrai te faire la peau. C'est compris ? » Ce n'est qu'après, quand il était parti, que j'ai réalisé qu'il s'agissait du truand que vous recherchiez. J'avais trop peur pour vous appeler tout de suite. Ça fait deux nuits que je ne ferme plus l'œil. Mais aujourd'hui, quand j'ai entendu que la personne assassinée était Dimitri Pavlikov, j'ai décidé de venir vous parler. Je ne veux pas être mêlée à ces histoires. J'ai peur qu'on s'en prenne à moi. J'ai perdu mon fiancé, j'en ai eu pour mon compte.

– Je comprends que vous vous sentiez menacée, mais il doit y avoir une raison. Laquelle ?

– Je n'en sais rien. Je sais que Bimbo était réglo. Il me racontait tout ce qu'il faisait.

– Peut-être Helder ?

– Pour lui, je ne mettrais pas ma main au feu. C'est d'ailleurs pour cette raison que Bimbo n'allait plus chez lui à Larochette.

– Pour pouvoir vous aider, Anaïs, nous devons en connaître les tenants et les aboutissants. Est-ce que Bimbo n'a jamais parlé des affaires de Helder ? Ils étaient les meilleurs amis du monde, ils se faisaient des confidences, c'est sûr.

– Non, Bimbo n'était au courant de rien, et même si Helder lui avait fait des confidences, il ne m'en aurait pas parlé.

– Il y a deux secondes, vous m'avez dit que Bimbo vous racontait tout.

– Oui, sur lui personnellement, mais pas sur les autres. S'il y avait eu un secret entre lui et Helder, il ne l'aurait révélé à personne. C'était son caractère à lui.

– Écoutez, Anaïs, si jamais il vous revenait quelque chose, même si vous ne le jugez pas important, mettez-moi au courant tout de suite, d'accord ?

– Oui d'accord, mais s'il vous plaît, vous devez me protéger. Je me sens en danger.

– Je peux vous comprendre et j'admets que vous courez des risques. On ne sait pas encore ce qui se cache derrière ces meurtres. Je ne peux pas vous mettre sous protection policière, c'est impossible, mais vous serez surveillée. Continuez à aller au travail comme si de rien n'était, préférez les endroits où il y a du monde, et dès le moindre soupçon, appelez-nous.

– Et chez moi, en France ?

– Les collègues lorrains feront de même. Nous collaborons avec eux.

– Et pourquoi m'avez-vous dit de garer ma voiture au sous-sol du commissariat ?

– Pour qu'on ne vous repère pas. C'est une mesure de précaution.

– Il se peut aussi qu'avec la mort de Pavlikov, vous disparaissiez des radars de la bande, ajouta-t-elle pour la rassurer.

– Je l'espère.

Anaïs partie, les collègues se précipitèrent sur Claire pour savoir ce qu'elle lui avait raconté.

– Pavlikov était chez elle au Zanzibar le jour de la mort de Bimbo, et il l'a menacée. Elle est très angoissée à présent.

– On l'a bien remarqué quand elle est arrivée, rigola un membre de l'équipe. Elle tremblait comme une feuille qui attend le sécateur.

– Ce n'est pas drôle du tout, les gars !

On se ressaisit.

– À part Pavlikov ? demanda Jérôme.

– Rien du tout. Apparemment, Bimbo ne savait rien, ou il ne voulait pas révéler les petits secrets de son pote.

– Et maintenant ?

– Et maintenant, j'irai voir le chef pour demander que vous vous relayiez pour la surveiller discrètement. *Jongen, elo ass et Schluss mat den Daimercher dréinen op der Schaff.*[1] Vous devez aussi prévenir les confrères français.

La dame qui avait vu Pavlikov acheter du pain en compagnie d'une deuxième personne avait vu juste. Il avait effectivement rencontré quelqu'un dans le quartier de la gare. Pavlikov était un détenu en cavale, donc il devait se cacher en permanence. On avait la preuve qu'il s'était planqué au Luxembourg, du moins ces dernières semaines. Mais qui pouvait être ce deuxième homme ? Dorénavant, il faudrait suivre en permanence les images que livraient les caméras de surveillance de ce quartier chaud.

---

[1] Finies les vacances, au boulot, les mecs.

*

Avant de se rendre à la salle, Claire alla boire un thé et manger un sandwich au bar de Jos Hoffelt. Celui-ci lui présenta fièrement sa nouvelle vitrine.

– Je ne peux pas vous dire combien elle m'a coûtée, frima Hoffelt.

– Deux mille.

– Détrompez-vous, Claire, cinq mille.

– Vous y allez fort.

– Je vous assure, cinq mille euros.

– Et l'assurance a payé, n'est-ce pas ?

– Euh… oui, quand même.

– Avez-vous quelque chose d'autre à me révéler, Hoffelt ?

– Je ne sais pas de quoi vous parlez, commissaire.

– Inspecteur.

Il se pencha vers elle pour lui souffler à l'oreille.

– Rien à signaler. Que d'honnêtes clients chez moi.

– Hoffelt, vous êtes un con.

– Et vous alors.

– Eh, pas d'insultes envers une représentante de l'ordre, mon ami !

À l'entraînement, Claire se retrouva une fois de plus en binôme avec Aleksandar. Pendant la pause, elle lui demanda tout de go :

– Au fait, Aleksandar, tu ne m'as jamais dit où tu habitais.

– Ah bon ?

– Alors, dis-moi.

– Tu veux me rendre visite ? Attention, j'ai un chat méchant à la maison.

– Bien sûr que non. Je suis curieuse, c'est tout.

– Alors, arrête d'être curieuse.

« Tu me donnes une raison de plus pour consulter le fichier de l'état civil demain au bureau », pensa-t-elle.

Le soir à la maison, son frère avait du nouveau. Il avait utilisé les sources secrètes de l'un de ses collègues de la rédaction économique auprès du service belge des Finances publiques, plus précisément le bureau des contributions de la région d'Athus. En particulier, il avait demandé des détails au sujet de l'entreprise « Chiers Déménagements » d'Arben Sula. On lui avait dit que la société avait fait régulièrement ses déclarations, n'avait jamais eu de problèmes avec le fisc et que sa principale clientèle se trouvait dans la région parisienne.

Évidemment, Claire n'était pas très heureuse que son frangin se soit une fois de plus immiscé dans son enquête, qui plus est illégalement.

– Ce n'est pas illégal, sœurette, la presse est protégée dans nos démocraties. Chez nous, il existe aussi le secret des sources, donc personne ne peut me forcer à révéler mes informateurs. Ne me fais pas croire que tu ignores les lois sur la liberté de la presse.

– Bien sûr que je connais mes lois, et je connais aussi les pratiques des journalistes. D'ailleurs, ils peuvent être très chiants des fois. Mais ce qui me fâche, c'est que tu t'occupes trop de mes affaires. Tu n'es pas la police. Il y a eu des meurtres, cette enquête n'est pas anodine, tu te mets en danger inutilement.

– Ne t'inquiète pas pour moi, écoute plutôt ce que j'ai à te dire. J'essaie depuis deux jours de trouver les liens entre « Chiers Déménagements » et « Transports Gomes ». Je crois que j'en ai trouvé un. Apparemment, la principale clientèle d'Arben Sula résidait en région parisienne, et depuis que cette société a arrêté son activité, Helder Cavaco De Oliveira est toujours en retard quand il fait la route Luxembourg-Paris. Étrange, non ?

– Simple coïncidence, Yvon. Il me faut des preuves tangibles, ceci relève de la spéculation.

En attendant que l'on déniche Arben Sula, Claire se mit à visionner les vidéosurveillances du quartier de la gare de la veille, vidéos que les collègues avaient sélectionnées pour elle. Celle qui filmait la place devant l'école avec le gymnase, où se trouvait au sous-sol la salle de boxe, notamment, titilla sa curiosité. Elle avança jusqu'à l'heure de la fin de leur entraînement. Elle se vit sortir en première, suivie d'autres boxeurs et de l'entraîneur. Le dernier à sortir était Aleksandar. Il semblait chercher quelqu'un du regard. Finalement, une dame vêtue d'un tailleur entra dans le champ de vision. Visiblement, ils se connaissaient. Ils se serrèrent la main et commencèrent à discuter en gesticulant. Puis Aleksandar tira de son sac de sport une enveloppe brune qu'il remit à la dame avant qu'ils ne se séparent.

« Que signifie ce manège ? » se dit l'inspectrice. Ses récents doutes quant à l'intégrité de son partenaire d'entraînement étaient-ils en train de se justifier ? Les questions qu'il avait posées au sujet de l'enquête sur le meurtre de Helder, son absence à l'entraînement le soir où Pavlikov avait été assassiné, les cachotteries autour de son adresse privée la rendaient suspicieuse. Elle voulait en avoir le cœur net. Elle demanda à Jérôme Bantz d'essayer d'identifier la dame sur la vidéo, imprima une image d'Aleksandar et se rendit au supermarché où travaillait la vendeuse de pain.

Elle lui présenta en premier lieu la photo de Jean Schomé, lui demandant si la personne qui avait accompagné Pavlikov était cet homme. La dame secoua la tête. Claire sortit alors la photo d'Aleksandar qu'elle venait d'imprimer. La vendeuse hésita. Elle n'était pas sûre, mais n'excluait pas de reconnaître le deuxième personnage. Claire se rendit ensuite au foyer où Maria avait trouvé refuge. Cette dernière se raidit en découvrant la photo d'Aleksandar.

– C'est lui le grand qui m'a immobilisée quand Zoran m'a tapée, il n'y a aucun doute.

Avec ce témoignage, Claire avait la confirmation que les soupçons au sujet de son partenaire d'entraînement étaient fondés. Un personnage à deux visages donc. Il ne lui fallut pas longtemps pour le trouver dans les répertoires d'Interpol. Il s'appelait de son vrai nom Alenko Berisha, et non Aleksandar Petrov. Il n'était pas bulgare comme il l'avait fait entendre, mais serbe d'origine albanaise. Il était recherché depuis le conflit du Kosovo pour crimes de guerre.

Comment avait-elle pu côtoyer si longtemps un présumé meurtrier sans s'en rendre compte. Elle se rappelait le film de Victor Fleming, *« Docteur Jeckill et Mister Hide »*, l'homme aux deux visages, d'un côté le copain du club si avenant, et de l'autre, la brute recherchée pour crimes de guerre. Évidemment sans domicile déclaré, que ce soit au Luxembourg ou ailleurs, c'est bien pour cette raison qu'il n'avait pas voulu donner son adresse à Claire. De quoi pouvait-il bien vivre, sinon de travail au noir, voire pire ?

Jérôme avait entre-temps identifié la dame en tailleur. Elle s'appelait Louise Schmit et travaillait dans un cabinet-conseil à Luxembourg-Kirchberg. Elle n'avait pas de casier.

– Mais qu'est-ce que cette personne peut-elle bien avoir à discuter avec un prétendu criminel comme Berisha ?

– Peut-être avaient-ils pris rendez-vous sur un site de rencontres, plaisanta Jérôme.

– Avec remise d'enveloppe ?

– Pourquoi pas, ricana-t-il, on ne sait jamais avec les femmes.

– *Ass dat alles wats du ze soen hues, Efalt ?*[1] Pour ma part, je vais voir Welbes tout de suite, il faut arrêter Berisha.

Le commissaire principal était au téléphone quand l'inspectrice entra. Il était en train de discuter avec son épouse. Claire s'assit et attendit patiemment que son supérieur termine son entretien. Une fois qu'il en eut fini, elle était parfaitement au courant du programme du week-end à venir des époux Welbes.

– Qu'est-ce qui vous amène, inspecteur ?

En quelques mots, Claire le mit au courant de ses dernières découvertes. Son patron n'avait pas l'air trop surpris.

– Il faut arrêter ce Berisha au plus vite, commissaire, il est recherché par Interpol, et probablement mêlé chez

[1] C'est tout ce que tu trouves à dire, couillon ?

nous à une affaire crapuleuse dont nous ne mesurons pas encore l'envergure.

Welbes sourit.

– On ne va pas l'arrêter, Claire. Enfin pas pour le moment. Il nous est connu depuis un moment, et le SREL l'a dans le collimateur depuis des semaines. Il va nous mener à une importante affaire criminelle, mais le type est rusé. Nous sommes en train de le pister. Ce n'est pas pour rien que je vous dis depuis un moment d'être prudente.

– Vous savez où il habite ?

– Selon les informations du SREL, il change de demeure assez souvent. En ce moment, il habite une chambre au-dessus d'un café portugais à Luxembourg-Grund, logement non déclaré bien sûr.

– En résumé, vous m'apprenez que vous saviez tout et que vous m'avez laissé enfoncer des portes largement ouvertes, c'est ça ?

– Au contraire, Claire, c'est grâce à votre enquête que nous disposons d'éléments concrets à présent.

– Pourquoi ne m'a-t-on pas prévenue ?

– Le SREL le voulait ainsi. Peut-être pense-t-on que vous êtes trop proche de Berisha ?

– Je sais parfaitement séparer vie privée et vie professionnelle, commissaire. On fait quoi alors ?

– Continuez vos recherches comme avant. Restez réservée sur ce que je viens de vous révéler, et surtout, soyez vigilante. Revenez-moi avec toutes les informations que vous récolterez, d'accord ?

– À vos ordres, chef.

Après cet entretien, elle sortit dans la cour pour appeler Yvon. Quel culot de l'avoir laissée dans l'ignorance ! Rester réservée, d'accord, mais devant son confident de frère, jamais.

– Allô, Yvon.

– Sœurette, depuis quand c'est toi qui m'appelles en plein service ? Il se passe quelque chose de grave ?

– Welbes vient de me révéler quelque chose, tu ne peux pas t'imaginer à quel point ça me met les nerfs en pelote.

– Qu'y a-t-il, Claire ?

– Tout à l'heure on a découvert que mon partenaire de boxe bulgare, Aleksandar Petrov, s'appelle en réalité Alenko Berisha, un serbe recherché par Interpol pour crimes de guerre.

– Comment ? Ton gentil bulgare ? remarqua-t-il d'un ton moqueur.

– Yvon, je ne suis pas d'humeur à plaisanter, écoute plutôt. Je sors du bureau de Welbes, il vient de me révéler qu'ils sont au courant depuis un bon moment et que le SREL est en train de le pister. Tu t'imagines, on m'a laissée dans le brouillard comme une débutante.

– Ils ne te laissent plus aller à l'entraînement, j'imagine ?

– Le vieux n'a rien dit. Je vais m'efforcer de faire comme si de rien n'était.

– Tu tapes comme une folle, sœurette.

– Reprends-toi, bon sang. Encore quelques minutes. Jab, jab, uppercut, jab, jab, uppercut…

– Claire, arrête, tu vas finir par me tuer.

– Jab, jab, crochet droit aux côtes, et rebelote… Hey toi, qu'est-ce qui se passe ?

Yvon, ruisselant de sueur dans sa protection s'affala sur le tabouret dans un coin du ring.

– Je n'en peux plus. J'ai besoin d'un temps mort.

– Deux minutes, pas plus. Je ne veux pas prendre froid. Je serai plus rapide, ce sera mon unique chance.

– De quoi tu parles ?

– Je me suis lancé un défi.

– Quel défi ? Garder ton titre dans trois semaines ?

– Plus dur, beaucoup plus dur.

– Tu veux combattre un ours, ricana Yvon.

– Un peu ça, oui.

– Explique.

– Un homme comme un ours.

– Stop, Claire, je te l'interdis formellement.

– Quoi donc ?

– Tu veux boxer Berisha, c'est ça ? T'es complètement givrée, c'est une brute, un tueur.

– Je connais ses failles, et il est vieux.

– *Schlo der dat aus dem Kapp! An iwwerhaapt, dee kënnt souwisou nët méi an d'Salle.*[1]

– Possible…

---

1 Sors-toi ça du crâne ! Et de toute façon, il ne viendra plus à la salle.

*

Le lendemain, Claire reçut l'appel des collègues d'Esch. La porte étant ouverte, ils avaient fouillé l'appartement qui servait de casino aux amis d'Arben Sula. Il y avait toujours les anciens meubles, les tableaux et les photos qui avaient appartenu à la défunte mère de Jean Schomé. Il ne s'était apparemment pas donné la peine d'enlever les anciens souvenirs. Le frigo était bien fourni en bière, et le bar en alcools forts. Tout était plutôt bien rangé et nettoyé. Probablement l'œuvre de Maria. Évidemment, du fait qu'ils y étaient entrés sans mandat de perquisition, ils n'avaient pas pu relever les empreintes digitales, voire des échantillons pour analyses ADN. Ils s'étaient contentés de tout photographier. À priori, ils n'y avaient détecté aucun élément pertinent pour l'enquête.

Claire s'appuya sur son bureau et se tint la tête entre les mains. Elle se sentait épuisée. Est-ce qu'elle avait poussé trop loin son entraînement de la veille ? Pourtant, elle avait connu d'autres efforts plus intenses de par le passé. Elle se remémora les tournois qu'elle avait disputés dans sa carrière, ceux où on ne laissait aux athlètes que deux jours pour récupérer entre deux combats. Non, l'extrême fatigue n'était pas physique. Elle vit la tête d'Aleksandar. Incroyable qu'il ait pu à ce point dissimuler sa vraie personnalité durant tout ce temps. Il avait toujours été tellement poli avec tout le monde. Il avait été son allié en toutes circonstances à la salle. Était-il impliqué dans le meurtre de Helder De Oliveira ? Apparemment, il ne faisait pas partie du cercle des joueurs de poker foireux, mais il les connaissait. Il était trop malin pour les rejoindre. Selon Maria Da Conceição, il avait aidé son mac à la frapper. Il était donc en relation avec les Arben et compagnie. Il était fort probable qu'il avait accompagné le truand Dimitri Pavlikov à la boulangerie le jour de la mort de celui-ci. Le SREL avait ses raisons pour ne pas le coffrer tout de suite, mais pourquoi n'avaient-ils pas voulu la mettre au courant de tout cela ?

D'autres questions restaient sans réponse. Qui avait tué ou fait tuer Helder, et peut-être aussi son pote Bimbo ? Pour quelle raison ? Était-ce une revanche de Zoran Dervishi parce qu'il avait dépouillé Maria de son argent ? Ou était-ce lié à la dispute qu'il avait eue avec Arben Sula la veille de la mort de Bimbo ? La simple perte au poker ne pouvait pas être seule la raison des menaces de Sula. Une certitude existait, Helder avait peur, sinon pourquoi aurait-il cherché à se procurer une arme à son retour de mission.

Le téléphone la sortit de sa torpeur. C'était son frère. Il voulait l'informer qu'il avait pris sa journée et qu'il envisageait une sortie à vélo. Depuis qu'ils vivaient seuls, par précaution, ils avaient pris l'habitude de se mettre l'un l'autre au courant de leurs sorties, que ce fussent les footings en solitaire de Claire dans la forêt ou les sorties à vélo d'Yvon.

Elle raccrocha et alla voir son collègue Jérôme.

– Toujours rien au sujet d'Arben Sula ?

– Non, rien. On continue à surveiller Jean Schomé, à faire le guet dans le quartier de la gare à Luxembourg et à la frontière à Esch. C'est tout ce qu'on peut faire en ce moment. Nous sommes également en contact avec les collègues belges qui surveillent la maison de Schomé.

– Et ça donne quoi ?

– Rien pour l'instant.

Elle alla demander ensuite au commissaire principal si le SREL n'avait pas encore localisé Sula. Elle ne voulait pas une fois de plus se démener pour un travail qui avait déjà été accompli à son insu. Toutefois, Welbes lui assura que les services de renseignement ne le savaient pas et qu'ils misaient sur la police judiciaire pour le retrouver. Elle profita de l'occasion pour apprendre à son supérieur qu'elle envisageait de partir à Lyon dès que les autorités françaises le lui permettraient pour interroger Zoran Dervishi. Son chef était d'accord.

Elle donna ensuite un coup de fil à Miguel Da Fonseca, afin qu'il se présente au commissariat le plus tôt possible. Coup de chance, Miguel travaillait en ce moment sur un chantier dans la capitale. Il se dit prêt à passer au bureau durant sa pause de midi.

Deux heures plus tard, Miguel était assis devant l'inspectrice dans le parloir. Jérôme Bantz s'était assis un peu à l'écart et prenait note de l'entretien. Elle mit au courant le jeune Portugais qu'il ne s'agissait pas d'un interrogatoire en bonne et due forme et que leur entretien ne serait donc pas enregistré. Il fallait avancer dans l'enquête sur la mort violente de Helder De Oliveira, raison pour laquelle elle désirait lui poser quelques questions supplémentaires.

Miguel n'osait pas lever la tête. Il n'arrêtait pas de contempler le bord de la table. Claire garda le silence pendant un moment, puis commença :

– Tout d'abord, monsieur Da Fonseca, avez-vous eu depuis notre première entrevue d'autres informations qui pourraient nous intéresser ?

– Non.

– Réfléchissez bien, peut-être des choses vont-elles vous revenir.

– Non, je n'ai rien entendu.

– Tant pis, je passe aux questions les plus importantes. Je vais droit au but. Connaissez-vous Arben Sula ?

– Non.

– Vous mentez !

Elle fixa son interlocuteur, celui-ci s'agitait, les yeux rivés au sol.

– Regardez-moi, Miguel.

Enfin, pour un court moment, il présenta son visage. Claire crut reconnaître de l'effroi dans ses yeux.

– Vous mentez. Nous savons de source sûre que vous faites partie d'un cercle de poker privé à Belvaux auquel appartient également Arben Sula.

Il réfléchit

– Ah, monsieur Arben. Oui d'accord, je le connais parce qu'il vient jouer de temps en temps.

– Helder De Oliveira en faisait partie aussi, n'est-ce pas ?

– Oui.

– Racontez-moi ce qui s'est passé le jour où monsieur Arben et Helder ont eu une altercation. Et ne me dites pas que vous n'y étiez pas, nous sommes parfaitement au courant de cette soirée.

– On m'a raconté qu'ils avaient eu une discussion, mais à ce moment-là, j'étais aux toilettes...

– ...et quand vous êtes revenu dans la pièce, Helder était parti, c'est ça ?

– Vous le dites.

– Miguel, vous commencez à me casser les pieds, je vais me fâcher. Êtes-vous conscient que vous êtes en train de mentir à la police ?

– Je dis la vérité.

– Je ne vous crois pas.

– Je vous assure que c'est la vérité.

– Donc vous n'en savez pas davantage sur cet épisode.

– Non.

– Deuxième question. Que faites-vous exactement aux Transports Gomes ?

Silence

– Décrivez-moi votre job.

– Je conduis le camion.

– Oui, je pense l'avoir compris la dernière fois déjà.

Claire soupira.

– Précisez, je vous prie.

– Quand monsieur Gomes a besoin de moi, il m'appelle. Si sa course me convient, j'accepte et j'y vais. Je sais conduire tous ses camions.

– Je l'espère pour vous deux. Décrivez-moi plutôt le déroulement de vos voyages.

– C'est pas sorcier. Je vais chercher le camion qui d'habitude est déjà chargé et je le conduis à destination. Je décharge. Je vais le recharger à l'adresse qu'on m'a fournie et je ramène le camion à Larochette.

– Vous ne le déchargez pas au retour ?

– Ça dépend de ma disponibilité et de la marchandise.

– Vos trajets vous mènent où habituellement ?

Il hésita.

– Le plus souvent à Rungis.

– À Paris, donc.

– Euh... oui.

– C'est tout ?

– Pendant mes congés, je pars pour le Portugal.

– Qu'est-ce que vous transportez ?

– Des fruits, des légumes, de la viande, du poisson.

Claire fit une pause. Il leva le regard. Elle le fixa droit dans les yeux.

– Jamais autre chose que ces produits frais ? Des petits colis privés, par exemple ?

– Jamais.

– Et Helder faisait la même chose ?

– Oui, mais lui travaillait à temps plein chez monsieur Gomes, c'est différent.

Miguel parti, Jérôme s'emporta.

– T'aurais dû le cuisiner davantage. Ce type a subi un lavage de cerveau.

– Peut-être. Mais je préfère procéder à ma façon.

– Ta façon ne vaut pas un clou. Avec ces types-là, il n'y a que la manière forte qui fonctionne.

– Sans blague.

– Tu peux te moquer de moi, mais moi, je lui aurais tiré les vers du nez, et pas en douceur !

– La différence est que c'est moi l'inspecteur, et toi le brigadier !

Jérôme sortit du parloir en secouant la tête.

Pendant ce temps, Yvon pédalait en direction de Larochette. Dans la poche de son maillot de cycliste, il portait le trousseau de crochets et de passe-partout qu'il avait pris dans le tiroir du bureau de sa sœur. Arrivé à Larochette, il jeta un rapide coup d'œil au château fort qui surplombait majestueusement la localité. Il passa près de la terrasse bien remplie de L'Alentejo avant de prendre la piste cyclable en direction de Medernach. À proximité du vieux moulin où, quelques jours plus tôt, il avait vu Miguel Da Fonseca sortir d'un ancien entrepôt, il s'arrêta et cacha son vélo derrière un buisson au bord de la rivière. Il s'assura que la voie était libre et se rendit à l'entrepôt. La grande porte en bois sur laquelle la peinture s'écaillait était haute de quatre mètres au moins, suffisamment grande pour laisser passer un camion. Les fenêtres étaient murées avec des briques rouges. Une petite porte à côté permettait aux personnes d'entrer sans devoir ouvrir les énormes battants de l'accès principal. Yvon étudia les serrures. L'entrée principale était fermée avec une serrure de sécurité en bon état. Le cylindre avait été remplacé récemment. Il en prit une photo.

Il s'assura que personne ne l'observait et se dirigea vers la petite porte en acier rouillée. Elle était fermée également et la serrure était oxydée. Il choisit un crochet assez gros et l'introduisit dans l'orifice. Impossible de tourner le cylindre. Yvon, un sourire aux lèvres, glissa sa main dans sa poche arrière et sortit une petite bombe de dégrippant pour chaînes de vélo. Il en envoya une solide dose dans le petit trou. Le liquide en ressortit et coula le long de la porte. Il réintroduisit son crochet. Aucun effet. Peut-être le crochet était-il trop grand. Il pensa à sa sœur, une authentique experte en crochetage de serrures. Elle aurait ouvert cette porte en un tour de main. Il choisit un crochet plus mince et réessaya. Le cylindre commença à bouger. Avec beaucoup de doigté, il parvint enfin à tourner la serrure. La porte s'ouvrit.

Un rapide coup d'œil autour de lui, et il s'enfonça dans le noir en refermant la porte derrière lui. À la lumière de son téléphone portable, il chercha un interrupteur dans l'espoir qu'il y ait toujours le courant. Il glissa sa main le long du mur, arrachant au passage une bonne dizaine de toiles d'araignée. Enfin, il trouva ce qu'il cherchait. Un gros interrupteur noir avec un bouton rotatif qu'il fit tourner. Deux lampes le long du mur s'allumèrent.

L'entrepôt était quasiment vide. Seuls une longue table de bois d'un autre âge et un certain nombre de cartons vides se trouvaient au fond de la salle qui ressemblait à un garage abandonné. Elle pouvait aisément y abriter quatre à cinq véhicules. Qu'avait fabriqué Miguel ici la dernière fois ? Il regarda vers le plafond. En fait, il n'y en avait pas : l'entrepôt, vraisemblablement à l'origine une grange, était ouvert vers le haut. On voyait les poutres de la charpente et la tôle ondulée du toit. Fixée à l'une des poutres, se trouvait une poulie couverte de toiles d'araignée. La chaîne correspondante pendait presque jusqu'au sol, elle était fixée sur le côté par un anneau au mur. Il regarda par terre. Sur le béton, il crut reconnaître des traces de gomme noire provenant des pneus d'un véhicule.

Il prit rapidement quelques photos de l'intérieur de la salle avec son portable et se dirigea vers la petite porte de sortie. C'est alors qu'il aperçut une vieille armoire en métal dans un coin près de l'issue. Évidemment, l'armoire était fermée à clef. Il essaya de la bouger pour contrôler si, peut-être, il y avait quelque chose à l'intérieur. Apparemment, elle était vide. Il parvint à la faire basculer en avant et en arrière sans trop d'efforts.

Quand il sortit à l'air libre, les rayons de soleil lui brulèrent les yeux. Personne dans les parages. Tant mieux. Il referma la serrure et reprit son vélo derrière le buisson. Il était temps de continuer sa route. À la maison, il remit les crochets dans le tiroir de Claire et prit sa douche. L'idée que cet entrepôt lui cachait quelque chose le tourmentait.

*

Ce soir-là, Claire se rendit à la salle avec réticence. Elle n'avait pas voulu sauter un entraînement, mais l'idée de tomber sur Berisha la dérangeait beaucoup. Elle fut l'une des dernières à arriver. Quand elle sortit des vestiaires et poussa la porte de la salle, elle émit un grand ouf de soulagement. Le Serbe manquait à l'appel.

De retour à la maison, elle rejoignit Yvon dans sa chambre. Il était en train de lire le manuel d'utilisation de son drone. Soulagé de voir sa sœur en bon état, il demanda aussitôt :

– Alors ton gentil Bulgare, tu l'as boxé ?

– Il n'est pas venu.

– Tant mieux, car quand tu t'es mis quelque chose en tête, ton orgueil a tendance à l'emporter sur ta raison.

– T'inquiète, je veux rester entière.

– Espérons.

– Et toi frérot, comment a été ta journée ?

– Super bien. Je suis allé jusqu'à Vianden le long de l'Our et j'ai pris des photos du château fort de Falkenstein du côté allemand.

– Mais c'est loin ça. T'as fait plus de cent kilomètres aujourd'hui ?

– En effet, cent treize pour être précis.

– T'es passé par la vallée de l'Ernz Blanche ?

– Depuis quand t'intéresses-tu autant à mes pérégrinations ?

– Depuis que je sais que t'aimes passer par Larochette.

– Le château fort de Larochette est un chef-d'œuvre.

– Yvon, je vois dans ton regard que tu me caches quelque chose.

– Si peu. À vrai dire, dans la vallée de l'Ernz, je me suis arrêté à l'entrepôt où j'avais aperçu Miguel l'autre jour.

– Et tu dis de moi que je suis têtue. En vérité, tu ne vaux pas mieux.

– Logique, on est jumeaux.

– Alors raconte, qu'est-ce que t'as fait près de l'entrepôt ?

– J'ai jeté un coup d'œil à l'intérieur.

– Et ?

– Rien, une grande salle vide, c'est tout.

– Tu vois, je te l'avais dit. Arrête de jouer les détectives. Je parie que Miguel s'est simplement éloigné de la route pour trouver un endroit calme pour un pipi.

– T'as sans doute raison, sœurette.

Le lendemain, Yvon attendit que sa sœur soit partie au travail pour sortir de l'armoire son drone, drone avec lequel il avait l'habitude de filmer du ciel les sites médiévaux qu'il étudiait. Il colla un sparadrap sur le clignotant rouge sous la coque de l'engin et monta la caméra avec détecteur de mouvement. Durant la nuit, il avait chargé sa batterie la plus performante et il la glissa dans le ventre du drone. Il informa sa collaboratrice au journal qu'il aurait une heure de retard, prit le trousseau avec les crochets de sa sœur et partit pour Medernach avec sa voiture électrique.

Cette fois, la serrure s'ouvrit facilement, le dégrippant avait fait son effet. Son drone sous le bras, il se glissa à l'intérieur. Il tourna l'interrupteur pour allumer les deux lampes au mur. Il se figea. Devant lui se trouvait une voiture noire. Quand il eut avalé sa stupeur, il s'approcha du véhicule vide. C'était une Mercedes de la classe S, une grosse limousine. Il examina la plaque minéralogique... un numéro slovène. Il posa son drone par terre et prit des photos avec son portable. Son intuition avait été bonne, cet entrepôt servait toujours.

Il prépara ensuite son drone et le fit voler à l'intérieur de la salle pour le poser sur une poutre transversale de la charpente. Sur son portable, il vérifia que la caméra grand-angle était bien pointée vers le bas. Malgré la quasi-obscurité, l'image de la salle qu'il capta sur son portable était incroyablement nette. Il se vit à l'écran avec son téléphone en main, ainsi que la Mercedes et la vieille table au fond. Parfait, pensa-t-il, le cinéma pouvait commencer. Il éteignit les lumières, referma soigneusement la porte, se rendit à sa voiture et repartit.

En route, il ne résista pas à la tentation de jeter un coup d'œil sur le petit écran de son téléphone. Deux minutes après son départ, la caméra du drone était passée en mode veille. Seuls un mouvement à l'intérieur de l'entrepôt ou une commande de l'application sur son portable pourraient la réactiver. Il pensa à la Mercedes. À qui pouvait-elle bien appartenir ? Devait-il en parler à Claire ? Non, pas tout de suite, seulement si son troisième œil lui envoyait des informations intéressantes.

Dans le couloir de sa maison d'édition, il croisa le journaliste responsable de la rédaction sportive.

– Hey Dumaxe, la fédération de boxe vient enfin de désigner l'adversaire de ta frangine.

– C'est pas trop tôt. C'est Françoise Beck, une fois de plus ?

– Non, une nouvelle, Élodie Agoumba. Je ne la connais pas, j'attends le communiqué officiel.

Au bureau, Yvon se précipita devant son ordinateur. Élodie Agoumba. Il n'eut pas à chercher longtemps pour tomber sur elle. Championne du Bénin de boxe pieds-poings à l'âge de dix-neuf ans, cinq ans auparavant. Elle venait d'être naturalisée Luxembourgeoise.

Il prit le téléphone et appela sa sœur.

– Je connais ton challenger.

– Moi aussi, c'est Alenko Berisha.

– Claire, écoute, je croyais que t'étais redevenue raisonnable.

– Je plaisante. Alors ce sera qui, Françoise Beck comme toujours ?

– Une nouvelle, Élodie Agoumba. Tu la connais ?

– J'ai entendu parler d'elle, oui. Elle s'entraîne à Aumetz, en France, mais elle n'a plus combattu depuis un moment. Comment se fait-il qu'elle dispute le championnat du Luxembourg en boxe anglaise ?

– Elle vient d'obtenir la nationalité. Ancienne championne du Bénin de savate il y a quelques années.

– Bof, cela ne m'impressionne pas.

– Claire, elle a presque dix ans de moins que toi.

– Et alors, j'ai suffisamment de grinta pour lui faire mordre la poussière avant la mi-combat.

– Très bien sœurette, là tu me plais. N'empêche, j'aurais préféré qu'on t'oppose Françoise Beck.

– On a croisé les gants déjà trois fois depuis qu'on est professionnelles, et j'ai gagné trois fois. Où est l'intérêt ? Penses-tu qu'un tel match attirerait encore du public ? Je connais « Fränzy » par cœur, elle n'a pas de punch. Je veux une chance européenne, alors il me faut des adversaires plus coriaces.

Quand ils eurent raccroché, Yvon activa brièvement la caméra de son drone. Rien n'avait bougé dans l'entrepôt. Il essaya ensuite d'en apprendre davantage au sujet de la plaque d'immatriculation slovène. Sans résultat. Si seulement il avait pu ouvrir la portière pour inspecter l'habitacle et le coffre, voire pour relever le numéro de châssis. Il n'avait pas osé la toucher de près par peur de déclencher le système d'alarme. Peut-être aurait-il pu essayer s'il avait eu un peu plus de temps, mais il avait disposé de trop peu de temps pour positionner son drone et partir au boulot. Sans doute devrait-il y retourner et s'occuper plus en détail de la limousine ? Et pourquoi ? Son troisième œil là-haut, sous la charpente, allait tôt ou tard lui livrer des réponses à ses questions.

Claire décrocha le combiné. C'était le commissaire principal Welbes, son chef.

– Quoi de neuf, inspecteur ?

– Pour l'instant, rien du tout.

– Votre entretien avec Miguel Da Fonseca n'a rien donné ?

– Rien de bien important. Bouche cousue. Mais une chose est sûre, il fréquente la bande.

– Quelle bande ?

– Le cercle des joueurs de poker.

– Pour vous donc, le lien entre nos Eschois et les Berisha et Pavlikov est avéré ?

– Je pense que oui. Je ne peux pas encore dire avec certitude s'il existe un lien entre les Eschois et Pavlikov, mais le fait est qu'après une dispute avec menaces entre Helder et Arben, les deux Brésiliens ont été assassinés, alors que le Bulgare a chaque fois été vu sur le lieu du crime. Ce Pavlikov, pour lequel on avait auparavant lancé un avis de recherche dans les médias, est retrouvé mort quelques heures après avoir été aperçu avec Alenko Berisha. Plus tard, celui-ci est observé en train de remettre un pli suspect à Louise Schmit, une consultante en matière de finances. Qu'est-ce que ça veut dire ? À nous aussi de trouver l'implication des Transports Gomes dans ces machinations et, dans une moindre mesure, celle de Miguel Da Fonseca. Je suis sûre qu'après nous verrons plus clair dans cette affaire. Si au moins nous avions localisé Arben Sula ! Mais il s'est volatilisé.

– Un jour ou l'autre, il va se manifester. Soit il a quitté le pays, soit il se cache pour ne pas être interrogé. À propos, pourquoi n'essayez-vous pas de joindre cette Louise Schmit ? demanda Welbes.

– Parce qu'elle est partie en vacances au Panama.

– Certainement pour y pratiquer la plongée.

– Quelle chance, rigola-t-elle.

– Ah oui, Claire, que je ne l'oublie pas : le procureur m'a informé que les contrôleurs fiscaux mandatés auprès des Transports Gomes n'ont rien trouvé de compromettant. Il semble être réglo, monsieur Jesus.

*

Soudain le portable d'Yvon s'alluma. Sur l'écran de veille s'afficha « faucon », le nom qu'il avait donné à son drone. Tendu, il balaya l'écran de veille et appuya sur le symbole de l'application de sa machine. Il vit la grande porte de l'entrepôt entrouverte. Un rayon de soleil illuminait la Mercedes… Un homme s'était glissé à l'intérieur. Il venait d'actionner le vieil interrupteur avant de refermer le portail.

Les mains d'Yvon étaient devenues toutes moites. Il agrandit l'image pour reconnaître le visage du type. Nul doute, c'était Miguel Da Fonseca. Il se dirigea vers l'arrière de la voiture et ouvrit le coffre. Il en sortit plusieurs caisses de vin en bois. Une par une, il les fourra dans l'armoire métallique qu'il prit soin de refermer à clef. Soudain, retentit la mélodie du groupe Queen « *We Are the Champions* ». L'homme fouilla dans sa poche arrière et en tira son téléphone. Yvon l'entendit grommeler quelques mots inaudibles puis il le vit sortir de l'entrepôt. « Il a oublié de fermer la Benz », pensa Yvon. Dix minutes plus tard, le frère de Claire partit avec sa voiture électrique en direction de Medernach.

Il s'assura que personne n'était dans les parages, crocheta la petite porte, mit ses gants de cycliste qu'il venait de prendre dans sa voiture et se glissa à l'intérieur de l'entrepôt. Il ferma la porte derrière lui et alluma les lampes. Il vérifia la serrure de l'armoire métallique. Fermée. Il essaya de la bouger pour vérifier si la marchandise était lourde. Nul doute, ce qu'elle contenait devait être très lourd. Il s'avança ensuite vers la Mercedes. Il avait vu juste, le coffre était resté ouvert. Il jeta un coup d'œil à l'intérieur. Deux ou trois couvertures de déménagement, une bouteille d'eau minérale en plastique et une paire de gants de travail. Il prit la bouteille et examina l'étiquette. C'était de l'eau minérale d'origine bulgare. Il décida de la ramener à la maison pour vérifier les empreintes. Les portes de l'habitacle étaient ouvertes également. Il ouvrit la boîte à gants. Un pistolet. « Merde ! C'est du sérieux. »

À ce moment la grande porte s'ouvrit. Il vit la silhouette de Miguel dans l'embrasure. Yvon se précipita hors du véhicule pour se sauver, mais Miguel lui barra la route.

– T'es qui, toi ? Qu'est-ce que tu fais ici ?

Yvon ne répondit pas et tenta de décamper. Miguel le retint par le bras et leva le poing pour le frapper, mais c'était sans connaître les qualités de boxeur du frère de la championne. Le coup partit. Yvon esquiva avec adresse. L'homme se précipita sur lui. Yvon esquiva de nouveau et, quand Miguel se retourna pour revenir à la charge, il lui asséna une belle droite en plein menton. Le Portugais s'écroula de toute sa masse et Yvon en profita pour prendre le large. Il rejoignit sa voiture et partit en trombe.

Arrivé sur la grand-route, il conduisit sa voiture dans un chemin secondaire pour se garer. Les mains tremblantes, il sortit son portable de sa poche. Son drone lui envoya l'image d'un homme au sol. Miguel n'avait toujours pas repris connaissance. Sa droite avait fait mouche. Heureusement qu'il portait ses gants de vélo, ça lui avait évité de se retrouver avec une main en compote.

Miguel reprit conscience au bout de quelques instants. Il semblait encore sonné. Il donnait l'image d'un boxeur qui se remettait mal de son knock-out. Soudain, une deuxième personne apparut sur l'écran. Le nouvel arrivé gueula sur le pauvre Miguel encore tout étourdi.

– Qu'est-ce que tu fous-là ?

– Un cambrioleur m'a surpris par-derrière.

– Qu'est-ce qu'il cherchait ?

– J'en sais rien. Il fouillait dans la bagnole.

Le nouveau venu se précipita dans l'habitacle. La boîte à gants était restée ouverte. Ouf, le pistolet s'y trouvait toujours.

– Ainsi il t'a surpris par-derrière ? Comment se fait-il que tu l'as vu dans la voiture et que tu te tiens toujours le menton ? Tu te fous de ma gueule, espèce de con. En plus, tu l'as laissé filer.

– Peut-être était-ce un flic ?

– Depuis quand les policiers fichent le camp quand ils affrontent une lamentable loque comme toi ? Retrouve-moi ce type et fais ce que t'as à faire.

– Mais, monsieur Arben, j'ai un déplacement à Rungis ce soir. Je le chercherai à mon retour.

« C'est donc lui, ce fameux monsieur Arben », pensa Yvon.

Arben Sula vomit encore quelques jurons avant de filer avec la Mercedes. Yvon put voir Miguel fermer la grande porte, puis plus rien. La batterie du drone était morte. Il devrait y retourner pour la changer. Il rentra à la maison par la route la plus rapide. Heureusement, Claire n'était pas encore rentrée. C'était son jour de muscu à La Coque[1].

---

[1] Centre sportif olympique de Luxembourg.

Yvon semblait avoir digéré le choc de la rencontre dans le hangar. Il se félicitait même de l'efficacité de son geste de défense. Au moins ses innombrables séances de sparring avec sa sœur lui avaient-elles servi à quelque chose. Il monta dans sa chambre, prit une batterie de rechange et repartit en direction de Medernach. Arrivé à l'entrepôt, il prit toutes les précautions avant d'entrer. La petite porte était restée ouverte. La Mercedes n'était pas revenue. Il essaya de basculer l'armoire métallique. Elle ne bougea pas. La marchandise s'y trouvait encore.

Soudain, il crut entendre un bruit. Il entrouvrit la petite porte. Rien. Il s'était trompé. Trop anxieux. Il sortit son portable. Pourvu que le drone ait encore suffisamment de jus pour voler ne serait-ce que quelques secondes. Ouf, les hélices se mirent à tourner. Yvon le fit descendre et se poser devant lui. Il changea rapidement la batterie, vérifia que le sparadrap sur le clignotant rouge sous le ventre de l'engin était toujours bien fixé, puis il le reconduisit sur la poutre du hangar. Sans tarder, il sortit, referma la porte et repartit. Sa tension ne redescendit qu'une fois le bourg de Larochette derrière lui. Pour la première fois, il n'avait pas eu un seul regard pour le magnifique château fort.

– As-tu encore tous tes esprits ? tempêta sa sœur quand Yvon lui révéla ce qu'il avait découvert.

– Ne hurle pas comme ça, je t'ai livré la preuve qu'Arben Sula est dans le coup.

– S'ils t'avaient coincé, c'est ton corps à toi que j'aurais dû aller identifier sur un parking ! Je te croyais plus intelligent. Quelle inconscience ! Tu ne sortiras plus jusqu'à ce que la bande soit sous les verrous, et ça risque d'être long, car nous n'avons toujours pas de preuve tangible.

– J'ai relevé le numéro d'immatriculation de la Benz, c'est une plaque slovène.

Claire nota tout ce que son frère avait à lui relater. Avant de visionner les vidéos, elle envoya un texto à son collègue au bureau avec le numéro d'immatriculation.

La réponse ne tarda pas.

– Il fallait s'en douter : c'était le numéro d'une plaque volée en Slovénie.

Elle compara la Mercedes sur la vidéo d'Yvon avec celle qu'elle avait dans le dossier sur Jean Schomé. C'était la même. Ils devaient en avoir changé les plaques.

Son frère se risqua à revenir dans la chambre, la colère de Claire semblait s'être apaisée.

– Nous devons prévenir les gendarmes français afin qu'ils contrôlent la cargaison du camion des Transports Gomes qui est en route pour Rungis, dit-elle à son frère.

La soirée était bien avancée et les jumeaux étaient encore en train de discuter quand la jeune femme reçut un coup de fil de l'agent de permanence au bureau. Les gendarmes français avaient retrouvé le camion dans une forêt peu après Metz, non loin de l'autoroute A4 en direction de Paris. À l'intérieur se trouvait un cadavre, une balle dans le crâne. On venait de l'identifier... c'était Miguel Da Fonseca.

– Ils ne laissent aucun témoin derrière eux ! commenta Claire. Miguel était certainement devenu gênant. Les interrogatoires de police, l'intrusion d'un inconnu dans leur repaire, c'en était trop pour ces bandits. Ce complice compromis devait disparaître pour de bon !

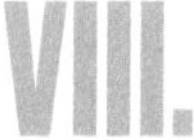

– Inspecteur Dumaxe, vous laissez derrière vous une sacrée traînée de sang, s'emporta le procureur.

– L'inspecteur a interrogé le suspect avec mon aval, monsieur, le coupa Welbes.

Pour Claire, il n'était pas question de parler de l'épisode d'Yvon dans l'entrepôt. Elle le leur apprendrait en temps utile. Toutefois, fidèle à sa façon de boxer, elle refusa d'encaisser sans contrer.

– C'est vous qui aviez décidé de passer l'avis de recherche de Pavlikov dans la presse, j'étais contre. Cette traînée de sang comme vous dites, elle colle aussi à vos basques.

– Un peu de modération, je vous prie, inspecteur.

Welbes ne pipa mot et réprima un léger rictus. La réplique de Claire lui plut, bien qu'il soit lui aussi visé par sa remarque.

– Pavlikov était un criminel évadé de prison. C'est autre chose, mademoiselle Dumaxe, continua le procureur. La presse va se déchaîner contre nous quand elle connaîtra les détails.

– ... Et quand l'affaire sera résolue et les coupables derrière les barreaux, on ne manquera pas de nous féliciter !

– En espérant que l'affaire soit résolue, commissaire !

– Monsieur le procureur, sachez que l'inspecteur Dumaxe est un excellent policier et que j'ai pleinement confiance en elle.

La discussion se conclut ainsi et Claire put rejoindre son bureau. Elle resta sans voix devant cet intermède embarrassant qui l'avait détournée pendant une demi-heure de son travail, ô combien plus important. Elle savait qu'Arben Sula était au pays hier. Une visite chez le coiffeur à Messancy s'imposait.

Avant de partir, elle fit venir son collègue pour s'enquérir des résultats de leurs recherches et des visionnages de caméras. Jérôme s'esclaffa :

– Est-ce que le proc t'a habillée pour l'hiver ?

– Mêle-toi de tes oignons ! Dis-moi plutôt où vous en êtes avec vos filatures.

– Rien à signaler, à part que la police belge a cessé de surveiller la maison et le salon de coiffure de Jean Schomé, faute d'effectifs.

– Les crétins ! Maintenant que leur évadé de prison n'est plus, ils s'en fichent. Ça s'appelle une collaboration transfrontalière au beau fixe.

Une question la taraudait. Devait-elle parler de l'entrepôt de Medernach maintenant, ou était-il préférable d'attendre le moment propice pour le faire ? Dans le premier cas, il y aurait à coup sûr des discussions pénibles au sujet de l'enquête parallèle de son frère. On se rendrait compte qu'elle avait partagé des secrets professionnels avec lui. En revanche, la scientifique pourrait probablement y relever des traces de grande importance, notamment dans l'armoire métallique. On pourrait éventuellement apprendre de quelle sorte de trafic il s'agissait. Dans le second cas, elle pourrait attendre le moment propice pour surprendre la bande en flagrant délit. Le troisième œil d'Yvon était aux aguets. Elle se décida pour la seconde option, celle qui ne mettrait pas sa carrière en jeu. Yvon l'informerait dès que quelque chose bougerait dans le hangar. Et s'ils ne revenaient plus ? S'ils ne se sentaient plus en sécurité dans leur cachette ? Son enquête perdrait inutilement un temps précieux.

Son portable vibra, c'était justement Yvon.

– Claire, je viens de recevoir par géoportail le nom du propriétaire de la bâtisse à Medernach. J'ai cherché ensuite son numéro de téléphone dans l'annuaire et j'ai appelé. C'est un vieux monsieur du nom de Eugène Fischer. Il n'a pas hésité à me donner le nom du locataire de l'entrepôt. Devine qui c'est.

– Dis-moi.

– Une société du nom de LuxÉlégance, dont le gérant n'est autre que Janusz, alias Jean Schomé.

– Merci mon frérot, je suis sur le point de partir le voir à Messancy.

– Mais tu n'es pas autorisée à enquêter en Belgique. Il faut une commission rogatoire... en passant par le proc, alors bonne chance !

– Je sais. Si nécessaire je ferai appel aux poulets belges.

– Je préfère les produits du terroir.

– Arrête tes conneries et mets-moi immédiatement au courant quand quelque chose bouge dans ton entrepôt.

– Oui, chef. Mais à propos, je t'envoie par courriel privé le lien par lequel tu pourras toi aussi consulter mon œil électronique.

Étant donné que la police belge avait stoppé sa filature, Claire décida de passer d'abord au domicile de Schomé pour s'assurer qu'Arben Sula n'était pas dans la maison. Par précaution, elle avait pris sa vieille Defender privée. Elle stationna une centaine de mètres à l'écart de la maison et s'y rendit à pied. Il s'agissait d'une petite villa bordée d'épicéas maladifs. Apparemment, les scolytes ne respectaient pas non plus les enclos privés.

Elle traversa le jardinet devant la maison sur un sentier en pierre bleue et sonna à la porte. Personne n'ouvrit. Elle fit le tour de la maison et regarda par les fenêtres. Personne. Sur la table de la cuisine, elle put voir les restes d'un petit-déjeuner, deux tasses, deux couverts, deux petites assiettes, un morceau de baguette et un pot de confiture. À la petite lumière rouge, elle remarqua que la machine à café était restée allumée. Rien d'anormal, pensa-t-elle. Les fenêtres à côté de la cuisine étaient fermées par des stores à lamelles. Elle écarta deux lamelles et constata que les lumières à l'intérieur étaient éteintes. Pas de signes de vie.

Elle poursuivit ensuite son chemin en direction du salon de coiffure. Devant la maison, elle reconnut la Porsche du patron et, à sa grande surprise, la Mercedes de type S. Son regard alla tout de suite vers les plaques minéralogiques. Un numéro luxembourgeois. Elle entra dans le salon. Schomé était seul. Il portait une blouse bleue, tel un médecin. À la vue de l'inspectrice, son visage s'assombrit une fraction de seconde, pour se transformer aussitôt après en un sourire hypocrite.

– Bonjour, commissaire. C'est gentil de penser à moi. Est-ce pour un lavage, un massage du cuir chevelu, une petite épilation, ou peut-être que vous êtes venue pour me donner un coup de main. Mon employé m'a encore laissé sur le carreau.

– Je ne vais pas y aller par quatre chemins, monsieur Schomé : est-ce que monsieur Sula s'est manifesté depuis notre dernière entrevue ?

– Non, pas du tout.

– Pourtant, je vois la Mercedes devant la porte. Elle n'est pas tombée du ciel, je suppose !

– Ah oui, celle-là. Je l'ai trouvée à cette place il y a cinq jours, la clef se trouvait dans la boîte aux lettres.

– Bizarre, parce qu'elle a été aperçue hier au Luxembourg.

– Ah bon ? Impossible.

– Ne me prenez pas pour une idiote, monsieur Schomé, je tiens cela de source sûre.

– Peut-être ma femme…

– *Här Schomé, bleift bei der Wourecht*[1]. Assez de mensonges, venez-en aux faits !

– Madame Dumaxe, de quel droit vous, un flic luxembourgeois, me harcelez-vous ici en Belgique ?

– Aucun souci, je peux aussi faire venir les collègues belges, si vous préférez. Ils seront certainement ravis de savoir que vous truandez le fisc belge en prétendant résider à Differdange.

Elle sortit son portable.

– D'accord ? On fait comme ça ?

– Ça va, c'est bon. Il est venu hier soir. Il a rapporté la voiture.

– Je pensais qu'on avait convenu que vous m'avertiriez quand il serait de retour.

– Honnêtement, je n'y ai pas pensé.

– Heureux celui qui croit. Je suppose qu'il est reparti à pied.

---

[1] Monsieur Schomé, dites la vérité.

– Non, je l'ai déposé sur le parking de la gare de Pétange.

– Sur le parking ?

– Oui.

– Je suppose que ce n'était pas pour prendre le train. Est-ce qu'il y avait une autre voiture, voire une personne qui l'attendait ?

– Je n'en sais rien. Je l'ai laissé sur le parking et je suis reparti aussitôt. Je n'ai rien vu.

– Savez-vous qu'il y a eu un meurtre cette nuit ?

– Non, qui ?

– Miguel Da Fonseca.

– Affreux ! Le petit Miguel. Qui a fait ça ?

– L'enquête est en cours.

Sur ce, elle se fit ouvrir la Mercedes. Elle mit des gants en latex et poussa le bouton de la boîte à gants. Le pistolet que son frère avait vu n'y était plus. Elle jeta un coup d'œil dans le coffre. Comme Yvon l'avait si bien décrit, il s'y trouvait deux couvertures grises de déménagement et une bouteille d'eau minérale. Elle lut l'étiquette. En effet, il s'agissait d'une marque bulgare. C'était donc bien la Mercedes repérée par Yvon à Medernach. On avait donc temporairement changé les plaques. Elle devrait la faire passer au peigne fin par la brigade scientifique belge.

Entre-temps, Yvon qui avait pris trois jours de congé commençait à s'ennuyer à la maison. Il pensa à son drone, perché sur la poutre. Depuis le changement de batterie, rien n'avait bougé dans ce mystérieux hangar de Medernach.

« Je pourrais faire un tour à vélo, pensa-t-il. Je laisserai ma voiture cachée chez nous au garage. Celui qui a vu mon visage n'est plus, et même si quelqu'un d'autre m'avait vu, avec mon casque et mes lunettes de cycliste, personne ne pourrait me reconnaître. »

Il mit sa tenue, gonfla les boyaux de son vélo de course et partit en randonnée. La journée était belle, pas trop chaude, pas de vent, idéale pour pratiquer le vélo de route. Était-ce voulu ou était-ce son instinct, toujours est-il que son chemin le mena directement à Larochette. Il passa près du café Alentejo où quelques clients avaient une discussion très animée en terrasse. Parlaient-ils de leur ami assassiné ? Et si le même sort attendait Yvon ? En quelque sorte, il était un témoin lui aussi. Miguel avait dansé avec l'ours et avait dû payer le prix fort. Il se détendit en contemplant le beau château fort et continua son chemin en direction de Medernach. Il se jura à plusieurs reprises de ne pas s'arrêter à l'entrepôt, tout au plus de passer tout près et de jeter un coup d'œil de l'extérieur. Il était onze heures trente, temps de faire demi-tour. Il arriverait à temps à la maison pour enfourner la pizza qu'il s'était préparée avec des tomates fraiches.

Arrivé à proximité de l'entrepôt, il tâta sa poche arrière. Il y avait toujours les crochets de sa sœur. Un contrôle rapide de son drone à l'intérieur, même très rapide, ça ne ferait pas de mal. Allez. Il freina, regarda autour de lui, personne. Il consulta la caméra du drone, personne dans l'entrepôt. Il cacha son vélo et se rendit à la petite porte. Il l'ouvrit à l'aide de son crochet et s'y introduisit. Il alluma la lumière et regarda son drone en haut sur la poutre. Sur son portable, il contrôla si le détecteur de mouvement était toujours en état de marche. Tout fonctionnait à merveille… Restait à espérer que Claire ne consulte pas à ce moment la caméra. Elle serait furibonde.

À peine sortie du salon de coiffure de Schomé, Claire reçut un appel du bureau. Son collègue lui demanda de revenir au plus vite, Jesus Gomes, le patron de la société de transports était arrivé avec une jeune femme. Ils voulaient faire une déposition très importante et souhaitaient parler à l'inspecteur Dumaxe en personne. On lui fit savoir également que la police lyonnaise avait téléphoné pour lui dire que le gardé à vue, Zoran Dervishi, était désormais à sa disposition pour être entendu. Elle envisagea de ne pas trop attendre et de partir pour Lyon dans la soirée. Peut-être son frère pourrait-il l'accompagner, il serait ainsi hors circuit au Luxembourg, et surtout sous son contrôle.

Depuis la voiture, elle appela son frère pour le prévenir de leur voyage à Lyon, mais celui-ci ne décrocha pas. Il devait être endormi, ou passait l'aspirateur, puisque c'était son tour de nettoyer la maison. Elle appellerait plus tard.

Jesus Gomes attendait dans le parloir du commissariat. Claire reconnut tout de suite la jeune femme vêtue de noir, assise à ses côtés. C'était la femme de ménage qui lui avait ouvert la porte quand, le lendemain du meurtre de Helder, elle était allée voir l'employeur de la victime. Les yeux rougis et la voix tremblante, elle émit un bonjour quasi inaudible. Gomes prit la parole en premier.

– Je vous présente mademoiselle Joaquina Andrade qui travaille chez nous. Je pense que vous vous êtes déjà vues en nos locaux.

– En effet, je m'en souviens. Qu'est-ce qui vous amène chez moi ? Mon collègue qui a relevé vos identités m'a informée que vous vouliez faire une déposition, c'est exact ?

– Oui, c'est exact. Joaquina, enfin mademoiselle Andrade, m'a fait ce matin une confidence que je ne pouvais ignorer. Il faut savoir qu'elle était la petite amie de Miguel Da Fonseca.

– Je suis au courant.

Gomes se tourna vers la jeune femme.

– À toi maintenant, Joaquina, raconte-lui maintenant ce que tu m'as dit tout à l'heure.

Claire mit en marche son dictaphone et sortit son bloc-notes. Joaquina se racla la gorge et commença en larmoyant. Elle parlait mal la langue et dut recourir à l'aide de Jesus Gomes pour s'exprimer, voire pour traduire les mots qu'elle préféra dire en portugais.

– Miguel et moi n'avions pas de secret l'un pour l'autre, on se racontait tout. Dernièrement, il m'a confié un secret que je ne devais révéler à personne.

– J'écoute.

– Il m'a expliqué que souvent, quand il travaillait pour monsieur Gomes, il transportait en supplément des colis à l'insu du patron. Il allait charger les caisses dans un entrepôt pas très loin de Larochette et les acheminait chez des gens à Bondy en banlieue parisienne. Il devait les cacher au fond de son camion sous les autres marchandises. Il gagnait 500 euros par course. Il disait que Helder le faisait aussi.

– Vous imaginez le risque qu'ils ont fait encourir à mon entreprise ? interrompit Gomes. Maintenant je sais d'où viennent les retards qu'ils accusaient régulièrement.

Claire ignora sa remarque et se tourna vers Joaquina.

– Quel genre de marchandises transportait-il clandestinement ?

– Je n'en sais rien, en tous cas, il ne m'a rien dit. Je crois qu'il l'ignorait lui-même. Je sais seulement que parfois les colis étaient très lourds.

– Savez-vous qui était son mandant ?

– Des personnes qu'il avait connues grâce à Helder.

Sur ce, elle fondit en larmes. Il lui fallut plusieurs minutes avant de se reprendre.

– Est-ce qu'il a dit des noms ?

– Non.

– Avez-vous une idée d'où se trouvent ces gens ?

– Non.

– À Esch ou à Belvaux peut-être ?

– Ça se peut, il allait de temps en temps à Belvaux le mercredi soir. Mais je crois qu'on venait aussi le rencontrer à Larochette, sur un parking.

– Cet entrepôt que vous avez mentionné, où se trouve-t-il ?

– Pas très loin de Larochette.

– Medernach ?

– Oui, je crois.

Claire se tourna vers Jesus Gomes.

– Et vous dites que vous ignoriez tout cela ?

– Complètement.

– Et vous ne vous êtes jamais posé de questions sur ces fameux retards ?

– Bien sûr que si, pourquoi croyez-vous que je viens de commander des systèmes de localisation par GPS pour équiper mes camions ? Ah oui, laissez-moi préciser encore une chose. Miguel ne travaillait pas au noir chez moi, je l'avais déclaré. Son patron chez TPC Moselle, Fernando Silva, est mon meilleur ami. On avait un accord, 35 heures par semaine chez TPC, 5 heures chez moi. Et bien sûr, ses pauses, il les respectait également.

– Bien sûr.

Claire préféra ne pas entrer davantage dans cette discussion. Les agents de l'inspection de l'ITM[1] allaient vérifier tout cela.

Quand le procès-verbal de leur déposition fut prêt, ils signèrent sans le relire. Claire leur signifia de rester à la disposition de la police et insista pour qu'ils les appellent dès qu'ils remarqueraient quelque chose de suspect dans leur entourage. Elle souligna qu'il n'était pas exclu qu'ils se trouvent désormais en danger. Gomes fit mine de ne pas s'en inquiéter.

– Pas de problème. Et je veillerai sur elle, dit-il en désignant Joaquina Andrade.

La pauvre n'avait heureusement pas compris la mise en garde de la policière.

De retour à son bureau, Claire Dumaxe trouva le rapport de la scientifique et les analyses faites sur le lieu où l'on avait découvert le corps de Dimitri Pavlikov... Elle blêmit. Ils avaient relevé les traces biologiques, notamment d'un crachat qui se trouvait sur le bord de la fontaine dans laquelle flottait le corps du truand assassiné. Le résultat était sans appel, il s'agissait de l'ADN d'Alenko Berisha, son partenaire de boxe.

---

[1] Inspection du Travail et des Mines.

Yvon décida de faire descendre le drone afin de vérifier que tout était toujours en état de marche. Il y avait beaucoup de poussière sur son perchoir sous la charpente, et les pigeons sauvages avaient abondamment agrémenté la machine de fiente. Il essaya de démarrer les moteurs. Zut, une hélice restait bloquée. Que faire ? Il lui fallait essayer d'atteindre la poutre sous la charpente, mais comment ? Il aperçut alors la chaîne de la poulie accrochée au mur. Il pourrait grimper le long de cette chaîne. Elle avait l'air d'être solide et était bien ancrée au mur par un anneau. C'était dangereux, surtout avec ses chaussures de cycliste. Néanmoins, il prit la décision de tenter sa chance. Sportif et bien musclé par les nombreuses séances d'entraînement avec sa sœur, il s'élança. La main qui avait envoyé Miguel au tapis lui faisait encore mal, mais il parvint malgré tout à atteindre la poutre. Il se hissa dessus et se reposa un instant. Elle était recouverte d'une épaisse couche de poussière. Il ne lui restait qu'à glisser doucement le long de la poutre pour atteindre le drone à trois mètres de lui.

Soudain il entendit des bruits et la grande porte s'ouvrit. « Merde, ils arrivent. Pourvu qu'ils ne me remarquent pas », pensa-t-il. La peur s'empara de lui. Rester calme, rester calme. Les deux battants de la porte furent ouverts pour laisser entrer un gros 4x4. Ils étaient deux, une personne dans la voiture et le gars qui s'occupait de la porte.

On coupa le moteur. Le deuxième homme sortit de l'habitacle.

– Qui a laissé la lumière allumée ici ? s'offusqua-t-il.

– Sans doute le petit branleur. Il était temps de s'en débarrasser.

– Je déteste ces méthodes.

– Je déteste ton hypocrisie. Ouvre l'armoire.

Tandis que le chauffeur ouvrait l'armoire métallique, l'autre débarrassait rapidement la vieille table. Ils sortirent ensuite une dizaine de caisses en bois de l'armoire et les posèrent sur la table. Ils soulevèrent les couvercles à l'aide d'un pied de biche. Yvon jeta un coup d'œil sur son drone. « Pourvu que la cam marche encore », pensa-t-il. Son pouls s'emballait. Rester calme, rester calme.

L'un des types commença à sortir les objets de leurs caisses. Yvon reconnut tout de suite les mini lance-grenades, les fameux M203 qui se fixent sur les fusils d'assaut. Il les connaissait pour avoir préparé un jour un dossier pour un rédacteur au sujet de ces armes de combat particulièrement meurtrières. L'autre s'impatienta.

– Dépêche-toi. T'aurais pu faire la répartition ailleurs. Dans un bois, par exemple.

– Ta gueule, veux-tu que je perde mon compte ?

– Pourquoi ne les a-t-on pas livrés ensemble avec les flingots au début du mois ?

– Pas moyen de les avoir plus tôt.

– Les parigots vont réclamer les pétards.

– D'abord le blé, ensuite la munition. Et maintenant, tu la fermes, pigé !

Tandis que l'un était occupé à préparer le dispatching, l'autre ouvrit nerveusement la grande porte et jeta un coup d'œil à l'extérieur.

– Personne dans les parages, on est bon.

– Tais-toi et amène les emballages. Personne ne mettra son nez ici.

– Penses-tu. Et le cambrioleur de la dernière fois ?

– Il ne reviendra pas.

– Et si jamais il se pointe ?

– Tu le refroidiras.

Le gars s'avança jusqu'à la petite porte.

« Zut, je l'ai laissée ouverte », trembla Yvon.

– Arben, viens voir, la porte ici est ouverte. Quelqu'un est venu.

– Trouillard. C'était le petit malin de l'autre jour. Viens m'aider.

Le type commença à regarder autour de lui. Il leva les yeux en direction de la charpente. Il s'arrêta sur Yvon. « Merde, maintenant c'est mon tour », se dit Yvon.

– Arben, regarde là-haut, on a de la visite.

– Vas-y décroche frérot. Mais qu'est-ce qu'il fout, le petit ?

C'était la troisième fois que Claire cherchait à joindre son frère.

– ... J'espère qu'il n'est pas retourné dans ce foutu hangar !

Elle consulta ses textos des derniers jours pour trouver le lien avec le drone qu'Yvon lui avait envoyé. Il fonctionna, l'image s'ouvrit sur une vue générale d'un endroit peu illuminé. Ses cheveux se hérissèrent. Elle vit deux hommes en bas, l'un d'eux pointant une arme en direction de la caméra. Elle augmenta le son.

– Je te dis pour la dernière fois de descendre de là immédiatement, sinon je tire.

Elle entendit la voix de son frère qui répondit.

– Donnez-moi une chance, c'est haut.

– Dépêche-toi.

Claire sauta de sa chaise, mit son gilet pare-balles et se jeta sur Jérôme Bantz, son collègue.

– Viens vite, c'est grave.

Ils se ruèrent vers le parking et sautèrent en voiture. Jérôme prit le volant et fonça sirène hurlante tandis que Claire localisait le portable d'Yvon. Elle transmit les coordonnées ainsi que le lien avec le drone au centre d'urgence. Quelques minutes plus tard, toutes les brigades environnantes alertées fonçaient vers Medernach.

*

– Qui es-tu ? Qu'est-ce que tu fiches là-haut ? cria celui qui l'avait vu le premier.

L'autre, qui remballait à la hâte les M203, aboya :

– Bute-le et aide-moi, je te dis.

Yvon saignait du nez. Il se trouvait par terre devant le brigand qui pointait une arme sur lui. Soudain l'agresseur aperçut une forme rectangulaire dans sa poche.

– Donne-moi ça, vite.

Yvon sortit son portable de la poche arrière de son maillot de cycliste et le lui tendit.

– Jette-le.

Avec le talon de sa chaussure, il massacra le téléphone d'Yvon. C'était l'ultime chance pour Yvon. Il se jeta sur lui. Le bandit roula par terre, un coup de feu retentit. Yvon s'écroula.

*

Claire qui avait suivi toute la scène en direct sur son portable s'écria :

– Ils l'ont tué. Ils l'ont tué. Accélère, Bon Dieu !

*

Le chauffeur démarra la voiture, l'autre ouvrit la porte au moment où une voiture de police se mettait en travers de son chemin. Le bandit derrière le volant se réfugia à l'intérieur de l'entrepôt, tandis que l'autre tenait en joue les quatre policiers qui venaient de sauter de leur véhicule.

– Laissez-moi passer ou je tire.

– Posez cette arme, vous n'avez aucune chance, cria l'un des deux agents qui s'étaient abrités derrière le véhicule de police.

Les deux autres se trouvaient nez à nez avec le brigand.

Coup de feu. Un policier s'effondra. Une salve émanant d'une arme automatique retentit. Le bandit qui n'avait pas hésité une seconde à tirer sur l'homme en uniforme tomba à son tour.

Les policiers arrivés en renfort étaient en train d'encercler l'entrepôt quand Claire et Jérôme bondirent de leur véhicule.

– Où est mon frère ?

– Encore dans l'entrepôt.

– J'y vais.

– Claire, non !

– Jérôme la retint de toutes ses forces.

– Le deuxième type s'est retranché à l'intérieur, dit l'un des policiers.

Au loin, on entendit la sirène d'une ambulance.
Un agent parla dans un mégaphone.
– Posez votre arme et sortez les mains en l'air.
Silence.
– Je vous le dis pour la dernière fois, sortez les mains en l'air, sinon on donne l'assaut.
– Sors ou je viens te chercher, hurla Claire.
Jérôme lui fit signe de se taire.
– Je ne suis pas armé, je sors, répondit quelqu'un à l'intérieur.
– C'est Schomé, dit Claire. Je reconnais sa voix.

Quelques instants plus tard, Schomé, alias Janusz, sortit les mains en l'air. Les policiers se précipitèrent sur lui pour le menotter. Claire courut à l'intérieur, à l'endroit où elle avait vu son frère tomber. Il bougea.
– Je suis là, frérot. C'est fini.
Yvon leva la tête.
– C'est pas trop tôt, sœurette.
La balle avait traversé son épaule. Il avait perdu beaucoup de sang. Claire accompagna son frère, qui avait perdu connaissance, dans l'ambulance au centre hospitalier de Luxembourg.

Le policier touché avait reçu une balle en pleine poitrine. Le gilet pare-balles lui avait sauvé la vie. Quant au truand abattu, ce n'était autre qu'Arben Sula !

Yvon avait été opéré d'urgence. Claire, qui n'avait même pas pensé à enlever son gilet de protection, veillait à son chevet dans la salle de réveil.

– Il en aura encore pour au moins trois heures, on vous préviendra lorsqu'il sera revenu à lui. Rentrez chez vous vous reposer, lui conseilla le médecin urgentiste.

Elle bisa la main de son frère et se leva.

– Non, je ne rentre pas, j'ai du boulot.

– Vous avez subi un choc. Vous ne devriez pas vous agiter ainsi !

C'était mal connaître Claire Dumaxe !

À la sortie de l'hôpital, elle tomba nez à nez avec le commissaire principal. Il venait s'enquérir personnellement de l'état d'Yvon. Elle lui expliqua que son frère avait été opéré, mais que le pronostic vital n'était pas engagé. Welbes la raccompagna au commissariat.

Schomé avait été mis en garde à vue. On attendait que le procureur nomme un juge d'instruction avant de le mettre sur le gril. Ce serait sans doute pour le lendemain matin.

– Chef, c'est moi qui vais l'interroger, c'est mon enquête.

– Claire, vous avez droit à quelques jours de repos. Demain, vous irez sagement voir votre frère à l'hôpital et vous vous reposerez.

– Les congés pourront attendre.

Elle prit son sac de sport dans son bureau. Welbes, qui l'avait suivie jusque-là, lui demanda :

– Vous allez où comme ça ?

– À l'entraînement, chef.

– Claire, soyez raisonnable, ce n'est vraiment pas le moment.

– Qu'en savez-vous ?

Sur ce, elle quitta le commissariat.

À la salle, elle se mit en tenue. Elle entamait son échauffement comme d'habitude, quand elle vit entrer Alenko Berisha, alias Aleksandar Petrov, en tenue de sport lui aussi. C'était le moment qu'elle attendait. Elle ne laissa rien paraître. Il faisait également son échauffement, après quoi l'entraîneur forma les binômes de la soirée. Comme toujours, elle s'entraînerait avec Aleksandar. L'entraînement se passa très normalement. À la pause, elle prétexta devoir aller aux toilettes pour prendre son téléphone dans son armoire et appeler Jérôme à la maison. Elle lui expliqua d'alarmer les collègues pour qu'ils viennent discrètement à la salle de boxe, qu'ils devaient procéder à une arrestation.

– Il s'agit de Berisha, n'est-ce pas ? Claire, sois prudente, ne fais pas le cowboy.

– T'inquiète, je les attendrai.

Après la pause, elle se remit au travail avec Aleksandar, toutefois, elle ne se donna pas à fond. Elle s'économisait. Au bout d'un quart d'heure, elle demanda à son binôme de monter sur un ring pour faire un petit sparring. Les premiers coups furent relativement inoffensifs, comme c'est la règle à l'entraînement, cependant, peu à peu, Claire accéléra et ne retint plus ses coups. Aleksandar se montra surpris, mais continua à encaisser. L'entraîneur vit que l'échange menaçait de dégénérer et il tenta de stopper sa boxeuse. Il ne fallait pas qu'elle se blesse à deux semaines du championnat.

Toutefois, plus l'entraîneur gueulait, plus Claire cognait. Le visage d'Aleksandar arbora bientôt les premières marques de coups. Il commença lui aussi à appuyer ses propres coups. Le match était lancé. Tout le monde dans la salle se réunit autour du ring pour suivre cet étrange match de sparring. Que se passait-il entre ces deux partenaires d'entraînement autrefois si complices ? Quand l'entraîneur voulut s'interposer, Claire le repoussa rudement. Elle esquiva tous les assauts du Serbe et évita d'entrer au corps à corps. Elle savait que la seule arme qu'elle avait contre le Serbe, c'était de le fatiguer, car en termes de condition physique, elle lui était supérieure. En revanche, sa force de frappe était trop faible pour ébranler sur un coup un homme comme Aleksandar. Danser, piquer et esquiver, telle était sa devise.

L'œil droit du Serbe commença à enfler. Elle dansa donc tout le temps du côté droit autour de lui, là où sa vue était troublée. Elle le savait porteur de lentilles, raison de plus de le piquer au visage. Les coups au corps ne lui faisaient aucun effet, c'était la tête qu'elle devait viser. Elle avait mal lorsqu'il parvenait à l'atteindre. Il était fort comme un bœuf, mais avec l'âge, il était devenu trop lent. Il n'arrivait pas à suivre les mouvements de la championne.

Entre-temps, Jérôme et quatre policiers en uniforme étaient arrivés à la salle. Ils s'étaient postés à distance des quatre côtés du ring et suivaient le spectacle. Quand le Serbe les aperçut, il se rendit compte qu'il avait été dupé. Il commença à s'énerver. Il appuya ses coups, mais la plupart du temps, ils partaient dans le vide. Il essaya de la bloquer dans un coin, mais, plus agile, Claire lui glissa sous les bras. Il la poussa dans les cordes, mais elle se dégagea en lui plaçant une belle droite sur la pointe du nez.

Dans un vrai combat de boxe, une manche dure deux à trois minutes, et, entre les rounds, les athlètes font une pause d'une minute. Or ce match-ci dépassait déjà les six minutes sans interruption. Aleksandar commençait à montrer des signes de fatigue. Il cherchait son second souffle, mais Claire ne lui laissait aucun répit. Elle vit que la lucidité de son adversaire diminuait. Il jeta son casque qui semblait le gêner. Elle aussi sentait les acides lactiques s'accumuler dans ses muscles, mais pensant fortement à Yvon qui gisait sur un lit d'hôpital, elle redoubla de courage. Elle ne baissa pas sa cadence infernale. Ses coups atteignaient de plus en plus souvent leur cible. En vain, le Serbe essaya de lui asséner un coup de tête. Enfin, après une combinaison gauche droite, suivie d'un uppercut gauche au menton, l'ancien boxeur mit un genou à terre. L'entraîneur se précipita sur le ring et stoppa le combat. Jérôme fit signe aux policiers. Ils enjambèrent les cordes et passèrent les menottes au truand, qui, sonné, ne réalisa qu'à demi ce qui lui arrivait. Claire cracha son protège-dents et s'affaissa sur un tabouret. Jérôme la serra contre lui. Les copains lui délacèrent les gants. Elle fondit en larmes. D'un coup, toute l'émotion accumulée depuis l'agression d'Yvon la submergea.

Épilogue

Le lendemain matin, Claire Dumaxe fit un détour par la clinique avant d'aller au travail. Yvon avait été sorti des soins intensifs et se trouvait seul dans une chambre. Il dormait encore quand elle ouvrit doucement la porte. À côté du lit, sur une petite table, l'infirmière avait posé un plateau avec son petit-déjeuner. Le café dégageait l'odeur des couloirs d'hôpital à l'heure des repas. Affreux. Il portait un pansement autour de la poitrine et du bras. On l'avait mis sous perfusion. Elle se pencha au-dessus de lui et lui donna un baiser sur le front.

Il ouvrit les yeux.

– Bonjour sœurette.

– Bonjour frérot.

– Tu veux me rejoindre au lit ?

– Je doute que l'infirmière soit d'accord. Pousse-toi un peu, je vais m'asseoir sur le côté. J'ai peur de te faire mal.

– Je n'ai pas mal, tout juste quelques picotements sous la clavicule.

Il lui raconta alors tout ce qui s'était passé dans l'entrepôt. Elle lui révéla qu'elle avait suivi la scène en temps réel à partir du moment où Jean Schomé le menaçait avec son arme pour le faire descendre.

– J'avoue... j'ai eu la trouille de ma vie ! C'était pire que ma mission au Mali !

– Et moi, alors. J'ai cru ma dernière heure arrivée.

– Et quand il a tiré sur toi, j'ai failli pisser dans ma culotte.

– Ne me fais pas rire, sœurette, ça me fait mal.

– Ça t'apprendra à jouer au détective.

– Tu ne t'imagines pas combien ça fait mal quand on reçoit une balle. Malgré tout, j'ai senti tout de suite qu'il n'avait pas touché d'organe vital. Je suis tombé, puis j'ai fait le mort jusqu'à l'arrivée des secours.

– Je ne veux pas t'énerver avec des pourquoi, mais dis-moi quand même : que diable foutais-tu là-haut sur ce perchoir ?

– Mon drone avait un problème. Une hélice était bloquée. D'ailleurs, je t'en serais reconnaissant si tu allais me le chercher dans le hangar.

– T'es complètement taré. Si t'étais tombé ?

Elle lui raconta ensuite l'arrestation d'Alenko Berisha et son mémorable combat à la salle du club.

– Et tu me dis à moi que je suis taré ? Et toi alors ? Il aurait pu sérieusement te blesser. Adieu le championnat et les espoirs de titre européen.

– Même si ça avait été la fin de ma carrière, je me devais de lui régler son compte.

– Et tu te sens mieux maintenant ?

– Vachement mieux, juste une pommette bleuie et beaucoup de fatigue, c'est tout.

Elle éclata de rire.

– T'aurais dû le voir à genoux par terre, complètement sonné !

– Je t'aime, sœurette.

– Moi aussi je t'aime, frérot.

À neuf heures, elle se pointa au commissariat. Les collègues, habituellement si distants, venaient tous la féliciter et lui donner des tapes amicales. Jérôme lui fit même la bise. Il avait raconté à tout le monde l'insolite arrestation de l'ancien boxeur. Cette fois, elle n'était pas la nana tête à claques de service, mais leur héroïne.

Le commissaire principal souhaitait la voir.

Elle toqua à la porte et entra. Welbes était en train de lire le journal et de boire son café.

– Oui monsieur, vous désiriez me voir ?

– Et comment je désire vous voir. Comment va monsieur Dumaxe, votre frère ?

– Il va bien, il en a pour une semaine à l'hosto.

– Très bien, très bien. Transmettez-lui mes meilleurs vœux de rétablissement.

– Je vais y penser.

– J'ai appris votre drôle d'exploit d'hier soir. Je dois vous avouer, cela ne me plait pas trop. On aurait pu arrêter Alenko d'une autre façon. Vous avez mis votre vie en danger.

– Croyez-vous que nos gars qui l'auraient arrêté d'une façon plus classique n'auraient pas mis leur vie en danger ? Le type était armé jour et nuit. Je l'ai d'abord neutralisé à ma manière, puis je le leur ai servi sur un plateau !

– Ouais. Cette mise hors d'état de nuire, c'était aussi une petite vengeance, non ?

– Si vous le dites…

Il posa son journal et la regarda droit dans les yeux, un large sourire sur son visage.

– Nous aurons le temps de parler de tout cela en détail, Claire. Personnellement, malgré certaines réserves, je vous dis : bon boulot ! Je sais que je peux toujours compter sur vous.

– Merci, chef. À quand l'interrogatoire des deux présumés criminels ?

– J'allais y venir. Je vous laisse Schomé, le procureur sera derrière le miroir. Le juge d'instruction itou. Jérôme Bantz vous assistera. En revanche, je ne peux plus vous laisser approcher de Berisha. Je suppose que vous comprenez pourquoi ?

– Dommage.

– À quand votre championnat ?

– Dans deux semaines.

– J'y serai.

– Merci, chef.

Avant de sortir, Claire se retourna.

– Permettez-moi une dernière remarque.

– Allez-y.

– Vous m'aviez dit que le SREL surveillait Berisha, comment est-ce alors possible qu'il tue Pavlikov et transporte son corps dans la vallée de la Pétrusse ?

– Qui vous dit que c'était lui ? Attendons les interrogatoires avant de tirer des conclusions.

– Évidemment, mais néanmoins, je commence à douter de l'eff…

– Stop, je vous arrête, Claire. Je devine vos pensées.

Jean Schomé avait pris place dans la salle d'interrogatoire. Il était menotté. Deux agents montaient la garde. Les techniciens venaient d'installer la caméra et les micros. Claire était prête, il ne manquait plus que l'avocat du suspect. Peu après, le cher maître arriva. Il souhaita s'entretenir seul, en toute confidentialité avec son client. On coupa les micros. Leur entretien dura un bon quart d'heure, après quoi les policiers purent retourner dans la pièce et enlever les menottes au suspect.

L'interrogatoire pouvait enfin commencer. Claire se lança :

– Bonjour monsieur Schomé, ou devrais-je dire Janusz ? Qui aurait cru qu'on allait se revoir si vite.

Schomé ne broncha pas.

– J'espère que vous allez coopérer !

– Ça dépend.

– De quoi ?

– De comment vous allez me croire.

– *Elo sot mer awer nët dir wäerd onschëlleg.*

– *Quasi onschëlleg, madame Dumaxe. Wësst dir net datt ech ärem Brudder d'Liewe gerett hunn ?* [1]

– Vous l'avez menacé avec une arme !

– Peut-être, mais en m'occupant de son portable, je lui ai laissé une chance de s'en sortir. Arben l'aurait achevé sur-le-champ.

– Le juge va certainement considérer ce fait quand il sera question de circonstances atténuantes. Venons-en aux faits. Qui tire les ficelles derrière ce trafic ? Est-ce que les meurtres de Helder De Oliveira, Jorge Reus, Miguel Da Fonseca et Dimitri Pavlikov sont liés ? Qui sont les responsables, voire les auteurs de ces meurtres ?

– Je vous dis tout de suite, moi, je ne suis que le loueur de certaines choses comme l'appartement, l'entrepôt et la Mercedes. Et de temps en temps, je jouais aux cartes avec eux. Je n'ai rien à voir avec tout le reste.

– Monsieur Schomé, une dernière fois : si vous aimez tant jouer aux cartes, allez-y et jouez cartes sur table. Si vous êtes innocent, vous n'avez rien à craindre, personne

---

1 - Ne me dites pas que vous êtes innocent.
- Presque innocent, madame Dumaxe. Ne savez-vous pas que j'ai sauvé la vie à votre frère ?

ne pourra vous menacer, puisqu'ils sont tous morts, ou bientôt en taule. Maintenant je vous écoute.

Pour la première fois, Schomé consulta son avocat. Celui-ci semblait l'encourager à parler. Alors le suspect commença. Il expliqua que Berisha et Sula étaient les chefs. Ils tiraient les ficelles. Arben Sula était celui qui procurait les armes via un marché clandestin bulgare, des armes telles que des fusils d'assaut, des kalachnikovs et autres grenades, la plupart fabriquées à l'usine VMZ[1] en Bulgarie, tandis qu'Alenko Berisha les écoulait en France, en région parisienne plus précisément. Les commandes se faisant via le darknet que ce dernier connaissait comme sa poche.

– Et les meurtres ?

Il continua de raconter qu'après avoir fait la connaissance de Helder qui venait d'obtenir un poste de chauffeur chez un transporteur pour faire entre autres plusieurs fois par mois le trajet entre Luxembourg et Paris, Sula avait fait miroiter de l'argent facile au Brésilien. Il devait juste faire de temps en temps de petites et discrètes courses confidentielles. Helder qui, de par son penchant pour les jeux, manquait toujours d'argent, avait accepté sans hésiter. Là-dessus, Sula avait liquidé sa propre société de transport en Belgique, dont l'activité commençait à sentir le roussi. Helder, après une petite année de loyaux services rendus à Arben, avait commencé à se montrer gourmand. Par ailleurs, il râlait parce qu'au poker, Sula lui piquait toujours une bonne partie de son pactole. Il était persuadé que c'était par tricherie.

---

[1] Vazovski Mashinostroitelni Zavodi est la plus grande usine d'armement de Bulgarie.

Claire écouta son interlocuteur avec beaucoup d'attention. Jérôme prenait les notes derrière le miroir en compagnie du procureur, du juge d'instruction et de Welbes. L'inspecteur ne devait que très peu intervenir, Schomé était une vraie pipelette. L'avocat, qui ne venait pas pour la première fois à la rescousse de Schomé, suivait le discours de son client, notant de temps à autre quelques mots sur son calepin.

Schomé expliqua que Sula n'avait rien voulu entendre des revendications de Helder, ce qui avait amené ce dernier à refuser de continuer à travailler pour l'Albanais. Il y avait eu alors l'altercation à la soirée de poker et, un jour plus tard, le meilleur ami de Helder était mort.

– Vous conviendrez qu'il a été assassiné ?

– Je pense que oui. Sula a voulu donner une leçon à Helder.

– Drôle de leçon, tuer un innocent !

– Sula et Berisha étaient durs et sans merci, sans scrupule aucun.

– C'est donc Berisha qui a poussé Bimbo sous le train ?

– Non, à l'époque, ils avaient une personne qui exécutait ces basses besognes pour eux.

– Pavlikov ?

– Exact.

– Bimbo Reus mort, que s'est-il passé ensuite ?

– Quelques jours après, alors que j'étais seul avec Sula, il s'est terriblement fâché au sujet de Helder. Apparemment, Zoran Dervishi lui avait appris que Helder cherchait par tous les moyens à se procurer une arme. Aux yeux d'Arben, la situation devenait trop dangereuse.

– Alors, il chargea Pavlikov d'exécuter Helder.

– Probablement, oui.

– Et la mort de Pavlikov ?

– Vous savez, Sula et Berisha avaient leurs petits mouchards partout. Ils apprirent vite que la police était sur les traces de Pavlikov.

– Alors Berisha l'a envoyé dans l'au-delà.

– Il n'en a jamais parlé, mais j'ai mon idée là-dessus.

– Laquelle ?

Schomé réfléchit longtemps avant de répondre

– Le lendemain du crime, j'ai suivi une conversation téléphonique d'Arben. Il conseillait à quelqu'un de changer tout de suite de logement et de se débarrasser de ses haltères.

– Il a parlé à Berisha ?

– Je pense que oui. J'en ai conclu qu'Alenko avait enfoncé le crâne de Dimitri chez lui avec un coup d'haltère. Je n'ai pas posé de questions à Arben, j'ai fait comme si je n'avais rien entendu.

– Notre police scientifique trouvera la vérité.

Schomé en vint alors à Miguel Da Fonseca. Depuis que Helder menaçait de tout laisser tomber, Sula préparait doucement le jeune Miguel à prendre la relève. Miguel faisait tout pour de l'argent, tout et n'importe quoi. Il l'invitait aux soirées de poker et faisait en sorte qu'il remporte des parties pour gagner sa confiance. Ce que Sula ignorait, c'était que Miguel était très bavard. Quand la police s'intéressa à lui, l'Albanais décida de l'éliminer.

– Encore par Berisha ?

– Je le pense. Ils envisageaient d'honorer une dernière commande et de plier bagage pour de bon. Ils voulaient quitter le Luxembourg pour opérer dorénavant depuis un autre endroit.

– Et vous ?

– Pourquoi quitterais-je le Luxembourg ? Je n'ai rien fait.

– Pourtant, hier, vous accompagniez bien Arben Sula dans le hangar.

– Mais oui, finalement c'est moi le bailleur des locaux. Enfin, disons qu'ils étaient mes sous-locataires.

– Avez-vous participé à la répartition des bénéfices ?

– Non. J'ai reçu mon loyer, c'est tout.

– Au noir ?

Schomé regarda son avocat. Celui-ci opina du chef.

– En partie, oui.

– Beaucoup, je suppose.

– Quinze mille... un forfait.

– Par mois ?

– Oui.

– Quinze mille euros par mois pour un petit appartement, un entrepôt vétuste et une vieille Mercedes ?

– Mon silence avait aussi son prix.

– Et Sula vous reprenait cet argent au poker, est-ce exact ?

– Souvent.

Ils en vinrent alors au rôle de Zoran Dervishi.

– Je ne connais pas trop Zoran. Il fait travailler quelques filles pour son compte à Esch et à Luxembourg. Il écoule de temps en temps quelques armes au Luxembourg, peut-être en Lorraine également, c'est tout. Un petit truand, une grande gueule, et surtout un informateur. Il rapportait tout ce qui se passait dans le milieu à Arben.

– Et quand ses filles devenaient trop bavardes, il les corrigeait à sa façon, comme il l'a fait avec madame Da Conceição.

– Maria est une brave fille. Elle sert Zoran comme une esclave. Vous savez qu'il l'a frappée après que vous l'ayez questionnée ?

– Oui, je sais. Qui était l'autre homme ?

– Pas moi. Il m'avait demandé de l'accompagner, mais j'avais refusé. Je ne suis pas violent, surtout pas avec les femmes. Je pense que c'était Berisha.

La dernière partie de l'interrogatoire porta sur Louise Schmit, la consultante en matière de finances.

– Je sais qu'elle existe. Mais je ne la connais pas personnellement. Sula et Berisha m'avaient demandé si je ne serais pas intéressé à placer avantageusement mon argent, mais comme je n'ai pas d'argent à placer, je ne me suis pas avancé sur ce terrain. Je sais que c'était elle leur conseillère.

L'interrogatoire dura ainsi plus de trois heures. Après le départ de Schomé, Welbes, le procureur et une personne qu'elle identifia plus tard comme étant un agent du SREL rejoignirent Claire auprès du distributeur de boissons. Ils étaient satisfaits. Jean Schomé les avait beaucoup aidés à avancer. À vrai dire, il n'avait fait que confirmer ce que l'on soupçonnait depuis un moment. La police française avait en premier sonné l'alarme quand ils avaient démantelé un réseau de grand banditisme qui se fournissait en armes au Luxembourg.

Au tour d'Alenko Berisha, alias Aleksandar Petrov, d'être interrogé. Il était recherché depuis des années par Interpol pour crimes de guerre au Kosovo. En plus, combien de crimes avait-il commis encore depuis cette époque ? Les meurtres de Pavlikov et du jeune Miguel n'étaient vraisemblablement que la partie émergée de l'iceberg.

Interrogé par le commissaire principal Welbes, Berisha, physiquement marqué par la correction que lui avait infligée la boxeuse sur le ring, se murait dans un silence absolu. Néanmoins, avec le témoignage de Schomé et les preuves récoltées sur les lieux des crimes, il y avait suffisamment d'éléments pour le présenter au juge d'instruction et l'inculper.

Quelques jours plus tard, la police aux frontières intercepta Louise Schmit à l'aéroport de Luxembourg à son retour de Panama. Après examen, elle fut accusée dans le cadre d'une affaire de blanchiment d'argent. C'était elle qui était en charge de placer l'argent du trafic d'armes dans une banque au Panama au nom de sociétés fictives. Elle touchait de considérables commissions pour ses bons et loyaux services.

Deux semaines plus tard eut lieu le championnat national de boxe professionnelle féminine qui opposa l'ancienne championne pieds-poings du Bénin, Élodie Agoumba, à la championne en titre, Claire Dumaxe. Le bras en bandoulière, Yvon, entre autres, avait pris place dans le coin de Claire. Le match était prévu en six rounds. Après une première manche relativement équilibrée, Claire prit résolument les choses en main. Elle avait réalisé que son adversaire, quoique très mobile, négligeait beaucoup sa garde. Le public étant entièrement acquis à sa cause, elle travaillait inlassablement la pauvre Agoumba au corps et au visage, ne lui laissant aucun répit. Celle-ci fut sauvée par le gong signalant la fin du deuxième round. Complètement exténuée, la championne pieds-poings s'affala sur son tabouret. À la reprise, l'arbitre alla la voir dans son coin, et, voyant qu'elle n'avait pas récupéré, décida de stopper ce match devenu par trop inégal. Claire avait une fois de plus défendu avec brio son titre de championne du Luxembourg.

Comme le veut la tradition dans la boxe professionnelle, la presse, les sponsors et les amis rejoignirent la gagnante au vestiaire. L'un des premiers à venir serrer la main à Claire ne fut autre que son supérieur Stéphane Welbes. Elle vit ensuite défiler son collègue Jérôme Bantz et le cafetier Jos Hoffelt.

Parmi toutes ces personnes qui se bousculaient pour voir la championne, se trouvait également le délégué de la fédération européenne, envoyé là en observateur. C'était clair, cette fille avait le niveau pour se hisser un jour au niveau international. Il la prit à part et lui confia :

– Félicitations, c'était un beau match, vous aurez votre chance au niveau européen. Mais auparavant, vous allez devoir disputer trois ou quatre matchs de préparation à l'étranger. Cela vous convient ?

Claire, sa ceinture de championne autour de la taille, opina du chef.

– Il vous faudra un agent, un manager, quoi ? Je peux vous recommander auprès...

– Pas la peine, j'en ai un déjà.

Elle pointa du doigt son frère Yvon. Celui-ci, qui avait suivi l'entretien, n'en croyait pas ses oreilles.

À PROPOS DE L'AUTEUR

Gaston Zangerlé, docteur en sociologie et journaliste, connu comme auteur de biographies de sportifs, a publié en 2018 avec *Karukéra Gang* son premier roman policier chez CaraïbEditions, suivi de *Le dernier tour de piste* en 2019. Pour l'ouvrage *Dizzi on the road* (2018), il a obtenu avec le photographe Romain Helbach, le Prix du public luxembourgeois. En 2022, son ouvrage *Ni Xialian, le don du ciel* consacré à la célèbre championne du monde de tennis de table luxembourgeoise a connu un grand succès au niveau international.

DANS LA MÊME COLLECTION

www.ingramcontent.com/pod-product-compliance
Lightning Source LLC
LaVergne TN
LVHW091046150826
845673LV00002B/478

* 9 7 8 2 9 1 9 9 6 8 4 3 5 *